シーカー 4

A L P H A L I G H T

安部飛翔
Hisyou Abe

主な登場人物
フルール
真紀達をこの世界に導いた汎次元竜。次元を超える能力を持つ。
スレイ
本編の主人公。18歳。シークレットウェポンの双刀を操る最強剣士。二つ名は「黒刃」。
イリナ
晃竜帝国の第一皇女。19歳。過去にスレイと勝負をして引き分けた。
更科真紀
異世界から現れた美少女剣士。18歳。好戦的な性格で、異世界三人組のリーダー格。

アルス・クロスメリア
クロスメリア王国国王。55歳。
三つのシークレットウェポンを
操る称号：勇者。
ディザスター
EX+級の力を誇る"欲望"の
邪神。蒼く滑らかな毛並みを
した狼の姿。
イリュア
ヴァレリアント聖王国女王。
19歳。ヴァレリア教の
最高司祭「聖王」でもある。
サイネリア
ヘル王国を統べる「魔王」。
215歳。闇の種族の頂点に
立つ存在。

1

会議の開始が宣言されると同時に、出席者達の放つ視線の圧力が強まった。ゲッシュ・アルメリアは中指で眼鏡を押し上げ冷静を装いつつも、ドッと冷や汗を流す。

ゲッシュとて探索者ギルドのギルドマスターの地位にある身。器も大きく、責任感も強く、見識も広く、公平な目で人を見る眼力も有る。人の上に立つ気概(きがい)、それに見合った判断力、決断力、実行力といった能力も備えている。権威(けんい)もそれなりのレベルだ。

ただ、ここに集(つど)う面々とは比べ物にならなかった。

既(すで)に伝説の領域に足を踏み入れている者。各地で英雄とされる者。辺境の民の間では信仰の対象にさえなっている者。未知なる力を持ち、人々と敵対してきた者。老獪(ろうかい)で油断のならない者。そして何より、ゲッシュを今の役職に任じたその人も居る。

ゲッシュ自らが声を掛けこの場に彼らを集めたとはいえ、その中心で舵(かじ)取りをするのは荷が重い。あまりのプレッシャーに胃がキリキリと痛む。

ふと、ここ最近のストレスの原因である〝黒刃(こくじん)〟スレイに視線を向けてみると、ゲッシュは思わず脱力してしまった。

スレイの実力は折紙付きだが、錚々たる面子が一堂に会したこの状況下では最も場違いな存在である筈なのだ。それなのに、彼は呑気にも、王城の侍女を口説きつつ優雅にお茶を飲んでいた。

侍女は軽くあしらっているが、スレイはいっこうにめげる気配が無い。寧ろ、必ず口説き落とすと言わんばかりの楽しそうな表情だ。

ゲッシュと同じく、それを見た殆どの者達は唖然として、「こいつは何者だ？」という顔をしている。

ここまでスレイに同道してきた女性陣は、皆キツイ表情だった。唯一の例外は〝白姫〟サクヤ・シュテンで、男達と共に苦笑している。

ゲッシュは、「スレイはいったいどれだけ大物なのか」と呆れてしまう。そのおかげで幾分緊張が薄れたことには感謝したが、尚も強烈なプレッシャーを感じずにはいられなかった。

「まずは自己紹介をして、情報を共有する場を設けたいと思いますが如何でしょうか？」

スレイは侍女を口説きつつ、ゲッシュの発言に対する皆の反応を窺う。

反対する者はいないようだ。まあ予想通りといったところか。

この場に集う面子が皆、この世界に於いて最高クラスの重要人物であることは間違い無い。そんな彼らを、スレイは自らを加速した上で、まずは独断と偏見で評価しようと考えていた。

加速することで、主観的に時間を無視してゆっくりと、相手を観察できる。

その際重要なのは、加速を誰にも悟らせないことだ。

加速時に相手を害し得る何らかの要素があれば、この場に居る超一流の探索者達は皆、無意識のうちに反応するだろう。よって、加速する際はその危険性を完全に排除する。

通常、強大な力の持ち主が人を害する可能性を完全になくすことはできない。何ら特別な力を持たない一般人でさえ、知らず知らずのうちに他者に害を与えることはままあるのだ。

だが、自分ならできるとスレイは確信していた。人を害する可能性を完全に排除できたなら、さながら息をするように、ごく自然に、何者でも殺すことが可能となる。まあその技術を自慢しても微妙であるし、スレイの戦闘欲の高さからいって、暗殺という手段はあり得ないが。

勿論、敵を正面から殺すのに躊躇は無い。何故なら、スレイに敵対するという道を選んだ時点で、その者は自ら死を選択したに等しいからだ。

他人の命の使い途をとやかく言うつもりはない。他人の生死を決定するような地位に就こうとも思わない。

スレイは幼少期より書物に埋もれた日々を送ってきたので知識は豊富だ。それだけに止まらず、最近では実践的な経験の断片すら〝識る〟ことがある。

よって戦術・戦略だけでなく、政治から謀略まで対応できる自信はあった。

だが、もし自分が人の上に立ち組織や軍を率いるとなれば、駒を動かして敵を倒したりはしない。

戦闘に於いても謀略に於いても、味方の人間を怪我一つさせず無力化し、必ず自分一人と敵全てが戦う場面を作り上げ片付けてしまうだろう。

そういう人間がトップになるなど、普通の組織や軍では有り得ない。

そんな戯れのような思考をしているとゲッシュの声が響き、スレイは気持ちを切り替えた。

「それでは最初に、我が探索者ギルドの代表として参加しているメンバーを紹介させて頂きたいと思います。まずは私、ギルドマスターのゲッシュ・アルメリアと申します」

ゲッシュによる紹介が始まった。早速スレイは自らを加速し、相手を測ることにする。

探索者や人外の種族の者達を見る際、重要視すべきはその技量と経験だ。

それ以外の能力は基礎に過ぎない。そう、ステータスなど駆け引き次第で覆せるのだからどうでもいいのだ。

　まずゲッシュ。彼はこの場ではさほど目立たないが、器の大きい男だった。

　偏見や差別などとは無縁の人格者でもある。申し分の無い人間性だが、強烈な個性が無いことが物足りない。

　続いて〝刀神〟クロウ・シュテンとその妻サクヤが紹介されると、驚きの声が上がった。

　探索者ギルドはこれまで、二人の生存を秘匿してきたからだ。

　クロウとスレイは既に刀を交えた仲である。彼らにとって、戦いは何よりも雄弁な会話となる。故に、出会ってからまだ間もないとはいえ、すでに深く知り合っているに等しかった。

　クロウは刀術の技量も確かだが、何よりその圧倒的な経験量に於いて、若い者達と格が違う。

　クロウの「実力」は、この場で限りなくトップに近いだろう。

　スレイはクロウの刀術の全てを見たとも盗み切ったとも思っていない。再び戦う機会があれば……と楽しみにしているぐらいだ。

　だが今は、先日クロウと刀を交える寸前まであった、燃えるような闘志が湧き上がってこない。その理由は単純で、戦えば必ず勝つという確信を既に得てしまったからだ。

　先の戦いに於けるスレイの最後のカウンター、あの一撃で、自分がクロウという剣士を完全に超えた――その絶対的な手応えを得てしまったのだ。

たとえ己より強い相手と戦おうとも、自分が常に勝利する――スレイはそこを譲るつもりは無い。だがクロウに関しては、最早そのレベルの相手ではないのだ。そこに僅かばかり寂しさを感じた。

一方、サクヤについてまず思うのはやはり胸が無いな、ということであった。

サクヤとは直接戦っていないので良く分からないが、クロウやマリーニア、ケリー姉弟の様子から察するに、サクヤは怒らせるとかなり怖いらしい。

しかしそこも、スレイにとればからかい甲斐があるということになる。

ただ、サクヤは相当な美少女とはいえ所詮若作りの年寄りで、どの道クロウの女という事情もあり、そこまで興味は湧かない。サクヤが魔術師として超一流であることは間違い無いが、総合的な実力では明らかにクロウより下だ。

次にケリーが紹介されると、クロウの弟子ということで多少の注目を集めたが、それもすぐに収まった。当然だろう。ケリーは将来性こそあるが、現時点ではあまりに力不足だ。

スレイは旅の道中、刀術やディラク刀など共通の趣味の話題でケリーと打ち解けはしたが、それでもまだ友人と呼べる程では無い。

ちなみに、ケリーの持つ〝桜花〟と〝散葉〟はディラク刀の中でも格別の業物である。

ヒヒイロカネ製のディラク刀は全てが名刀とされ、大陸での取引価格は破格の高値だが、ケリーの刀に到っては値を付けることすら難しいだろう。

彼の姉、マリーニアが〝星詠〟という二つ名の持ち主としてゲッシュから紹介されると、場が大きく沸いた。

皆、二つ名に反応したのだ。〝星詠〟とはそれだけ大きな意味を持つ。

数年前――まだ大陸中央の中小国家群で戦争が頻繁に起きていた頃、大陸全土に影響力を持つはずの聖王が発する和平の言葉にすら、誰も耳を貸さなかった。その背景には、戦争を金儲けの道具とし、死の商人と呼ばれる下種な連中の暗躍があったと言われている。

戦乱が収まった今でも、その残党は裏の世界に潜り込み、相当数の大きな裏組織と繋がりを持っているらしい。それは大陸の巨大な闇の部分だ。尤も、そのような輩を闇などと呼べば、本物の闇の種族から「一緒にするな」と抗議の声が上がるだろうが。

彼らが荒稼ぎする一方、戦争に次ぐ戦争で中小国家の財政は破綻しかけ、このまま全ての国が共倒れすると思われた折、聖王からの要請で探索者ギルドが動くことになった。

とはいえ、肝心のＳＳ級相当探索者達の殆どが戦争に加担、或いは自国に籠っていたため、探索者ギルドが動員できるのはせいぜいＳ級相当探索者まで――そんな状態で介入したところでいったい何ができるのかと、多くの国は懐疑的であった。

だがその後、結局僅か一年程で中小国家群の戦争は収まった。その時に活躍したのが、当時十代半ばの少女だった〝星詠〟なのだ。

彼女はあらゆる戦争の火種を先読みして叩き潰した。中小国家の首脳陣の不祥事などを利用して勃発寸前の戦争を悉く阻止したのである。

それればかりか、暗躍する死の商人達の所在まで突き止めた。〝星詠〟のお陰で、探索者ギルドの介入が効果を上げたと言っても過言ではない。

今では中小国家間で表立った戦争は無くなった。あったとしてもせいぜい裏での抗争や、闇の種族であるヘル王国との小競り合いが起きる程度だ。

故に〝星詠〟マリーニアの存在は、ここに居る強者達にとってさえ特別な意味を持っていた。

だがそれとは別の意味でも、スレイはマリーニアをしげしげと眺めずにいられない。彼女はやはり、神秘的でいながら色香を漂わせるいい女だ。紫の色合いの服装がそれをグッと引き立てている。

スレイはマリーニアに嫌われているようだが、彼女に男の影は無さそうなので、いずれ必ず口説き落としてやろうと心に誓っていた。

マリーニアは、戦いの相手としては実力不足である。だが彼女が持つ占術の特性は、スレイが自らの内に持つものと近い何かを感じさせる。全知の欠片、人の可能性、その一端の発現といったところだろうか。

そう考えると、マリーニアは女としても探索者としても興味深い相手である。

続いて更科真紀、神代出雲、セリカ・Ｊ・スミス、フルールの紹介が始まった。

当然、場に困惑した空気が広がる。彼女達が異世界の勇者でありフルールは時空竜だと告げられても、話が突飛に過ぎるのだ。

まあ当の本人達は、周囲の様子などさして気にも留めていないが。

スレイが再び加速しようとした瞬間、肩に乗る小竜――フルールが悪戯っぽい表情で視線を向けてきた。足元に居る狼に目を移すと、同じようにこちらを見上げている。

スレイは僅かに嘆息した。やはりこいつらには自分の隠蔽が通用しておらず、加速を繰り返していることもバレているようだ。さて、と気を取り直すスレイ。

まずは真紀だ。上品で清楚なお嬢様然とした外見だが、色気は充分にある。そして、風貌に似合わぬ野獣のような内面、激しく情熱的な一面が、真紀の魅力をよりいっそう引き立てていた。

彼女の刀術は長年積み重ねられた歴史を窺わせるが、戦闘相手としては、その技量に不足を感じざるを得ない。表面的に見れば真紀はクロウより能力が勝っているだろうが、総合力では経験不足故に、クロウには及ばないだろう。

ただ、何か引っ掛かるものがあることは確かだ。まだ底を見せていないような……これは残りの二人からも受ける感覚だった。

出雲は小柄で可愛らしい美少女だ。ただし性格が読めない。あまりに掴み難い性格なので、何をやらかすかさっぱり分からない。

戦闘相手としての出雲は実に興味深い。なにせ異世界アラストリアの魔法体系を全て、それも相当な短期間で極めた大魔導師なのだ。

そして、女としても戦闘相手としても「読めない」というのは、スレイには魅力的である。

三人目のセリカは、真紀や出雲とお揃いの制服には収まりきらない程の、かなり健康的な肢体の持ち主だ。普段から底抜けに明るい性格をしているが、色事になると途端に純情となってしまう。

だがそのギャップが堪らない、とスレイは思う。あの身体が全て自分の物だと思うと最高だ。

戦闘相手としては……と、魔導銃なるものを思い浮かべてみるが、まだよく分からない。だがそれも含めて「読めない」というのは、やはり面白い。

最後にフルール――実に愛らしい姿をしている。まあこれがフルールの真の姿では無いと分かってはいるのだが。

フルールに備わる力は常識の埒外にある。下級邪神と同等の力なのだが、そもそも規格が違う。

そんなフルールではあるが、戦えば必ず自分が勝つとスレイは確信している。ただ同時に、戦うことは断じて無いだろうとも思う。これだけ懐かれていればな、と苦笑を漏らすスレイ。

　スレイが加速をやめ世界が再び動き出した途端、周囲からゲッシュに向かって、一斉に猜疑の視線が向けられた。

「皆様がお疑いになるのも当然かと思います。しかし彼女達が異世界から来訪したというのは、〝星詠〟がその占術の力を以って確認し、事実だと判明したことです。そして彼女達は間違いなく、ここにお集まりの方々に勝るとも劣らない強大な力を持っています。必ず我々の戦力となってくれると思い、私の一存で、この場に同席させています」

　依然として一同は懐疑的だったが、マリーニアの占術によって認められたことなのであれば……と落ち着いていく。

　だが、ゲッシュにとって一番の問題はここからだった。

「続いて紹介いたしますのは、市井のS級相当探索者、〝黒刃〟スレイです」

　呼ばれたスレイは自然体で立ち上がり一礼すると、無造作に席に座り直す。その際、フルールが落とされないように右肩にしっかりとしがみついていたので、どこかコミカルな印象が漂った。

「市井のS級相当探索者」と紹介されても、皆は場違いな印象しか受けない。更に、「異世界から来訪した汎次元存在である時空竜」と紹介されたフルールが寄り添っているのも一同の関心を駆り立てた。

と同時に、既にスレイを知る者達は、ひどく意味ありげな目で見つめている。

しかしスレイは、自分に向けられた様々な視線をものともせず、悠然とお茶のお代わりを侍女に頼み、隙を見ては口説こうとしていた。

その泰然とした様子に、「こいつは場の空気も読めない大馬鹿なのか、それともそんなものを気にする必要すらない大物なのか」と周囲の視線が困惑の色に変わる。

「二つ名持ちとはいえ、ただの一S級相当探索者を連れてきたのは何故か。皆さん疑問にお思いでしょう。私とて、とある理由が無ければそうしませんでした。まず、事前にお報せした通り、今回この会議が設けられたのは、邪神が一部とはいえ復活し、封印が解けかけていると判明したからですが……実は、その邪神の一部たる分体を葬り去った探索者が彼、スレイなのです」

途端、どっと場が沸いた。

「皆様！　ご静粛に‼　これは〝星詠〟マリーニアも確認した紛れも無い事実です。間違いなく彼が邪神の分体を倒しました。ですが、それだけではありません‼」

ゲッシュの言葉にも拘わらず、なお一同は騒然としたままである。

「続いて、これもまたマリーニアが確認し、事実と判明していると前置きさせて頂きます。実は今より二年以上も前に、別の邪神が既に復活していました。人の輪廻転生の輪に入る

という手段で、勇者様達の封印から逃れた邪神——その名はロドリゲーニ。スレイはロドリゲーニの転生である人間と、かつて幼馴染の関係だったそうです。そして彼は、覚醒したロドリゲーニを倒す為に探索者に成った——」

今まで以上に広間が慌しくなる。

「ちなみに、スレイがS級相当探索者ということで、彼の実力を軽く見たり、彼に倒された邪神の分体の力を過小評価する方がいらっしゃるかもしれません。そこで予め申し上げます。スレイは私達の目の前で〝刀神〟クロウと戦い、勝利しています」

クロウがゲッシュの言葉を受けて口を開く。

「うむ。そこのスレイと戦い、儂が負けたのは事実じゃ。先に言っておくが、儂は手加減など欠片もせんかったぞ？　率直に言って、スレイは圧倒的に強かった」

皆が驚きを隠せない状況のなかでも、スレイは侍女にちょっかいを出すのをやめない。さすがに周囲の視線が胡乱なものになっていく。

最後に、ゲッシュは今まで以上に声に力を込め、強い決意を以ってその同道者を紹介する。

「そして、スレイの足元に侍る蒼い狼。彼は紛れも無くスレイのペットなのですが、その狼の正体は〝欲望の邪神〟ディザスターなのです」

静まり返る面々。スレイは面倒臭い事態になりそうだと感じて、ディザスターを窺い見た。

シャープな肢体と蒼い毛並みが峻烈なまでに美しい狼。この気高い狼が、自分だけには可愛らしく甘えてくるのだから、飼い主冥利に尽きる。しかも修行の手助けまでしてくれるのだ。

出会ってすぐに一戦を交えた時は、スレイは勝利を譲られたも同然で、実際は圧倒的な力の差があった。

尤も、最後に勝つのは自分だとスレイは確信している。

何故なら、相手が何者でどんなに力の差があろうと、戦う以上は常に「俺が勝つ」と〝決めて〟いるからだ。たとえ命を懸けることになったとしても、ほんの刹那でも相手を先に殺し、勝利を確定させてからでなければ死なない。

しかしまあ、こいつと戦うこともう無いのだろうな、と苦笑するスレイだった。

周囲からはまたしても、「何を言っているんだ？」と非難の視線がゲッシュに注がれる。哀れむような表情の者まで居る。

そんな空気を読み、スレイに目で合図するゲッシュ。それを受けて、スレイは仕方なくディザスターを円卓の上に乗せ、耳元で何事か囁いた。

スレイは思う。ディザスターが邪神であると証明する相手は、今のところ一流の探索者や戦闘種族だけで構わない。他の者達は、自らの傍に在る実力者を信頼し、その言を信用するだろう。だから、最低限の人数に絞って問題無い。

依然としてディザスターとスレイに対し、多くの馬鹿にしたような視線が向けられていた――が、次の瞬間、先程までとは違う真の意味での静寂が訪れた。

一部の者はキョトンとしている。だが、実力の高い者の反応は皆一様で、ただ静かに、ディザスターをじっと見つめていた。

ディザスターはスレイの指示のままに自らの力を制御し、邪神であると示すべき相手に対してのみ、プレッシャーを放っている。

その圧倒的な波動に、対象者となった誰しもが身構えた。

神々によってプログラムされたままに、恐怖の感情を麻痺させ自ずと戦闘モードに移った彼らだったが、その表情は驚愕で歪んでいる。

スレイはそんな者達の様子を気にも留めず、またもお茶のお代わりを侍女に頼んだ。

彼女も困惑しているはずだが、それでも職務を忠実に遂行しようとする。美人な上に仕事もデキるその姿は、実に魅力的でいい女だった。やはり口説き甲斐がある。

やがてディザスターがプレッシャーを止めると、大きなざわめきが巻き起こった。

「静粛に‼　皆様、静粛に‼」

ゲッシュが何とか鎮めようと声を張り上げるも効果は無い。実力者達のディザスターを見る目が、警戒と畏怖と困惑に取って代わっていた。それは、面白いまでの豹変ぶりだった。

「スレイくん、君はいったいディザスターに何を言ったのかね？」

ある程度皆が落ち着きを取り戻すと、ゲッシュはスレイを問（と）い質（ただ）した。

当のスレイはティーカップを傾けつつ、お茶菓子を摘（つま）んでいた。ちなみに、スレイの肉体は既に通常の人間とは異なり食事が必要ない。つまり、全く飲食しなくても不都合はなく、逆にどれだけ飲食しても太らないという便利な肉体だった。

ゲッシュの問いかけを無視し、スレイは侍女を口説き続ける。

ただ黙々と仕事をこなす彼女は、まさに雇われ人の鑑（かがみ）と言える。だが少しずつ、スレイの口説き文句に頬を染めるようになってきていた。

よし、これは何としても今日中に口説き落とす、と決意するスレイ。

そんな態度に、流石（さすが）のゲッシュも怒りを隠せず、こめかみに青筋を立てて詰（つ）め寄ってきた。

「スレイくん！　君はいったいディザスターに何を言ったのかね、と聞いているんだが？」

スレイは肩を竦（すく）めると、あっさりとこう答えた。

「『ここに居る分からず屋どもに、少しお前の力を見せてやれ』。そう言っただけだが？」

平然としたスレイに、最早（もはや）諦めの境地に到るゲッシュ。

やがて場は落ち着きを取り戻し、会議を再開できる状態に戻った。

一部の者達はディザスターに対する警戒心をぬぐい去れないままのようだったが、それも仕方あるまいとゲッシュは思った。

しかしディザスターがスレイに甘える姿は、どう見ても主人に甘えるペットのそれなのだ。スレイの右肩に乗っているフルールもまた同様で、先程の出来事は夢だったのではと思わせる。

ゲッシュは、ゴホンと咳払いをして告げた。

「えー、アクシデントもありましたが、我ら探索者ギルドの代表の紹介は以上です。それでは次に、ホストであられるこの城の主、アルス陛下とそのご息女であられるカタリナ殿下、そして臣下の方々のご紹介をお願いしたいのですが、よろしいでしょうか?」

「ああ、構わないよ」

ゲッシュが座るのと入れ替わりに、アルスが立ち上がった。

「それではまず、私から自己紹介をさせてもらおう。私はアルス・クロスメリア。このクロスメリア王国の国王であり、称号:勇者だ。故に〝勇者王〟などと過分な二つ名で呼ばれることもあるね」

落ち着きのある、にこやかな表情でそう告げるアルス。

スレイは速やかに自己を加速する。先程からアルスの意味ありげな視線がやや気になっていたのだが、まあ考えていても仕方無かろう。

観察し始めてすぐに抱いたのは、なるほどこれは本物だ、という素直な感心だった。

アルスは純粋な剣士ではなく、剣と盾を用いた戦闘術が主体のようだ。

その立ち姿や重心の置き方、肉体のバランスなどから推測するに、本物の技量の持ち主だということが分かる。戦闘方法こそ違えど、実力はクロウにも劣るまい。

何よりアルスは、究極級(アルテマ)のなかでもかなり上位のシークレットウェポンを三つも有している。そのどれもが驚くべき効果を持つ武器であると、一目で知れた。どのような戦闘効果があるのかは、後々の楽しみが薄れるので推測しないでおく。

アルスは探索者として超一流の領域すら超越している。為政者(いせいしゃ)としての優秀さは分からないが、その圧倒的なまでの威風(いふう)、輝きは多くの人を引き寄せるはず。まさに王道を行く男だ。

これはまた色んな意味で楽しめそうな好敵手(あそびあいて)だな、とスレイは内心で笑った。

アルスが次に紹介したのは、自らの娘でもある〝姫勇者〟カタリナ。父親と同じく王者の威風を纏(まと)っている。

「じゃじゃ馬」と紹介されたカタリナはこめかみに青筋を浮かべていたが、場を弁(わきま)え、どうにか怒りを抑えたようだ。

立ち上がり優雅に礼をした彼女は、しとやかに席に着いた。その過程で、何やら情熱的な視線を向けられたスレイは、確かに過去に因縁はあるが……と眉を顰(ひそ)めた。

久しぶりに見たが、カタリナ王女はやはりこの場でも飛び抜けた美女の一人だ。標準的なハイエルフと同等の美貌(びぼう)だろう。しかも、ハイエルフには無いような圧倒的な色香を漂わせている。

人の上に立ち、人を率いるのが当然といった太陽のようなオーラは、父王から引き継いだものだろうか？

カタリナの武器は、スレイも以前にその目で確かめたことがあるハルバードである。

現在の技量は目を瞠(みは)る程ではないが、それは単純に経験不足故だろう。潜在的な才能やカリスマ性は、アルスをも超えているのではないか。探索者としては超一流といえる。

要するに、まだ戦闘相手(あそびあいて)として味わうには未成熟な原石というところだ。

加えて、これ程の美女ならば是非ともモノにしなければ、などと不謹慎(ふきんしん)なことも考えるスレイ。

続いて紹介されたのは、近衛(このえ)隊副隊長の〝狂風〟ジルドレイ・アステッド。

ジルドレイとは過去に剣を合わせたのでよく分かるのだが、この男、剣士としてはそこまでもなかった。

まあ、称号：勇者の本領は究極(アルテマ)級のシークレットウェポンを唯一装備、使用できることなので、剣士の才が今いちなのは仕方が無い。

カタリナは別として、称号：勇者達の強みは、レベル99にまで達したその経験の豊かさだろう。ジルドレイも他のＳＳ級相当探索者と比べて、かなり場数を踏んでいる方だ。

そんなことを考えていたスレイは、ふいに、称号：勇者達の身体に、とある種が仕掛けられていることに気付く。他のＳＳ級相当探索者に対し、優位になる為のギミック……わざわざ研究させたのだろうか？

何にせよジルドレイに関しては、風剣ミストラルの力がどれ程のものかにかかっている。剣技に期待できない以上、楽しみはそこしかない。

次は、称号：勇者の〝闘仙〟、マグナス・スライカンだ。落ち着いた風貌をした三十代に見える男で、スキンヘッドに黒い瞳が印象的である。

技量はそこそこだが、魔闘術を極めているようだ。術を用いる時はどんな姿になるのだろうか。

究極級のシークレットウェポン、神拳スパルタクスの力がどれ程のものか、やはりそこが評価の分かれ目になりそうだ。

そして同じく称号：勇者、マリア・フレイム。二十代後半に見える美女である。彼女は〝火炎姫〟という二つ名を持つ。

この二つ名の通り、髪や目は情熱的な赤色をしている。また、その扇情的な服装や表情も、全てがまるで炎のようだ。

これはまたそそられるな、とスレイは愉しげに笑い、やはり彼女もモノにしたいと思った。

マリアは火の属性に極端に偏るも、そこまでの強さは感じられない。

かつて得た特性「炎の精霊王の加護」について、彼女には隠しておくべきか……いや、それを餌にするのもいいか、などと考えてしまうスレイ。

マリアの究極級シークレットウェポンは炎杖カグツチ。見ただけで、圧倒的な炎の気配が感じられる。

「神殺し」の神の遺骸を素材にして、火神が創り上げた——という情報が脳裡に浮かんだが、スレイはそこから先を遮断した。折角の今後の楽しみを、危うく無駄にするところだったと苦笑いする。

ともかく、「炎の精霊王の加護」を持つ自分でも支配できない——というより、火の精霊達でさえ恐れて近付かない炎の力を確認した。今はこれで充分だろう。

次いで職業：勇者の三人、ヤン・ブレイブ、エミリー・ブレイザー、ライバン・クロステッドが揃って紹介される。

彼らは人間にとって対邪神の切り札と呼べるはずなのに、三人共、随分と簡素な紹介だった。しかも、彼らは何かを言おうとしてアルスに視線で制されていた。

軽い扱いに疑問を抱きはしたが、一人ひとりを見定める必要も無い相手だと判断し切って捨てる。全員実力は二流。紅一点のエミリーにしても、美少女であることは確かだが、自分の程度を弁えていない感じが残念で、スレイの守備範囲外だ。

経験不足である上に称号：勇者のような仕掛けも無い。噂の封術とやらも、使い手がこれでは宝の持ち腐れではなかろうか。

装備に関しても、三人のそれが類似している所為で、見縊ってしまう者も多いだろう。だがあの究極級シークレットウェポン、勇者シリーズにはかなりの力を感じる。見るだけでは細かいことまで分からないが、スレイの好奇心を刺激して止まない。

ただ、中身が伴っていないとは勿体無い、とスレイは溜息を吐いた。

「さて以上、私も含めて八名が我が国の代表と考えて貰って構わない。よろしく頼むよ」

アルスはそう告げると、悠然と席に座った。

ゲッシュが再度立ち上がり、畏まってゴホンと咳払いをする。

それを他所に、スレイは相変わらず侍女を口説き続けていた。

いかにもガードの堅そうなこの侍女を「堕とす」ため、スレイは心理学を中心としたあらゆる知識を駆使している。その結果か、侍女の頬の赤みはやや増してきたようだ。

しかし、ここで下手を打てば全てが無駄になる、と気を引き締めるスレイ。

ちなみに、既にスレイの女となっている女性達の方は、決して見ないようにしている。見なければ居ないのと同じことだと、スレイは自分に言い聞かせていた。

「それでは次に、シチリア王国とディラク島の方々、お願い致します」

「ふむ、私達から始めさせてもらっても構わないかな、ノブツナ殿？」

「ああ、順番なんか気にしちゃいねぇから構わねぇぜ」

了承を取り付けて、灰色の短髪と碧眼を持つ、無表情な壮年の男が立ち上がる。

「それではまず私から。私はシチリア王国国王アイス・コルデリア。何故か分からないが〝氷王〟などと呼ばれているらしいな。よろしく頼む」

無表情のまま、淡々と告げるアイス。その表情は全くと言っていい程動かず、その視線は絶対零度の冷たさを感じさせる。

職業：勇者の三人などは、明らかに怯えているようだった。尤も、アイス自身は自分がそのような冷たい眼差しをしているという自覚は無いのだが。

そこで、これまで同様に加速するスレイ。

確かに能面のような表情だが、一見冷然とした瞳の奥に、確かな温かみが存在している。国王たるに相応しい器の大きさと深みも感じる。

何より彼が成した事績を思い起こせば、これが故国の国王かと深い感慨が湧いてくる。スレイはどこか穏やかな気持ちになった。

次いで、シチリア王国の宮廷騎士団長と宮廷魔術師団長を兼任するフェンリル・ノースエッジ。腰まで届く灰色の髪と、同じく灰色の瞳を持った美女だ。

〝魔狼〟フェンリル……かつての師から話には聞いていたが、色んな意味で厄介な相手だ。国に仕官する気などさらさら無いスレイにとっては、フェンリルに目を付けられるのはやはり面倒臭い。

だが、と気を取り直してフェンリルの容姿を見やる。なるほど、二つ名に相応しくしなやかでシャープな肢体をしているが、胸は大きい。

こんな極上の女ならモノにしたいと思ってしまうのは男の業だ、とスレイはひとり考えた。

一方フェンリルの戦闘能力は、剣技と魔法を共に極めているが故に、どちらも突き抜けていない。ただ、それらを組み合わせた場合にどのような戦い方になるのかは未知数だった。

明らかに水氷魔法が得手だろうが、どこか違和感――それだけではないような気もするのだ。

また乗騎として、自らと同じ名を持つ、シチリア王国内の絶対凍土に棲まう魔狼フェンリルを召喚するという。装備するシークレットウェポンは剣と杖、両方とも神話級だとスレイは見切った。

「以上、私を含めて二名が我が国の代表となる」

そしてアイスは席に着くと、ノブツナに告げる。

「それではノブツナ殿、続いて頼む」

「おう」

ノブツナは軽く返事をし、立ち上がった。

「俺はノブツナ・シュテン。〝鬼刃〟ノブツナなんて呼ばれてるな。そこのガキみたいな形をしたクロウって爺の息子で、一応ディラク島で最大の国の国主をやっている。ディラク島代表と考えて貰って構わねぇ」

伝法な口調の自己紹介に一部の者が眉を顰める。

名指しされた父親のクロウなどは肩を竦めるだけだ。だがノブツナの隣に座る美少女は恥ずかしそうに俯いていた。

期待通り……いや期待以上の男だとスレイは感嘆する。

紛れもなくその刀術の技量、経験はクロウと同等。だがクロウとは異質の刀術を使うであろうことは明白だ。何せ武器は、長大な究極級シークレットウェポンのディラク刀が一刀のみである。

降神刀フツノミタマというその刀は、剣神による正規の最高傑作だとか。まあスレイにとっては、その名を耳にするだけで能力が分かってしまうのが残念だったが。

勇者で無いにも拘わらず、究極級のシークレットウェポンを与えられたノブツナというイレギュラーな存在……いかにも喰いでのありそうな好敵手じゃないか、と獰猛な笑みを浮かべるスレイ。

続いてノブツナの娘、シズカ・シュテンが紹介される。ストレートの黒髪に黒い瞳、雪のように白い肌をした美少女だ。

「戦力にもならないのに付いてきた」と言うノブツナに対し、シズカは「父のお目付け役です」と反論する。ノブツナは渋い顔となり、場の笑いを誘った。

この寸劇のような一場面を見れば、シズカがいかに巧みに父親の手綱（たづな）を引いているかが分かる。そして彼女は、小太刀二刀流と方術（ほうじゅつ）の心得があると告げた。

加速したスレイは改めてシズカを眺める。ディラク風の巫女装束（みこしょうぞく）を纏（まと）った彼女は、神秘的で清楚な趣（おもむ）きがある。

神秘的という点で共通しているマリーニアが大陸風なのに対し、シズカはディラク風と、二人は対照的だった。何にせよ、やはりモノにしたい。

先程からのワンパターンな思考に、思わず苦笑してしまうスレイ。

ノブツナに対する態度を見る限り、性格的にはかなり生真面目そうだ。探索者でない以上、現時点では戦闘相手（あそびあいて）として不適格と結論づけた。

「まあ、俺達がディラク島の代表ってことで、よろしく頼むわ」

そう言ってノブツナは荒々しく席に座った。そんな父親をシズカが睨（にら）む。

再度立ち上がるゲッシュ。

「それでは次に、晃竜帝国の方々、お願い致します」

「ふむ、それでは……私は皇帝、竜皇ドラグゼス・ドラグネス。当年とってまだ二百五歳の若造だが、よろしく頼むよ」

年齢感覚の違いを上手く使い、ユーモアを交えてそう告げたのは、黒髪黒瞳の壮年の男。竜皇だけあってその威厳は相当なものだ。一部の地域で神聖視されているだけのことはある。

探索者でない一般の人間ならば、二百五歳というのはとんでもなく高齢だが、竜人族ではまだまだ若造に過ぎない。

技量もそれなりに伴っているようだが、若さ故に、生来の力頼みというレベルから抜け切れていないようだ。

ただ竜化さえすれば、天狼と並ぶ程の強さだろう。その彼と戦えば、どの程度楽しめるだろうか……とスレイは期待する。

次いで第一皇女のイリナ。長い黒髪が煌めく美少女だ。

意志の強さを感じさせる黒い瞳に好戦的な色を宿し、スレイを見つめていた。スレイは軽く笑って受け流す。

〝闘竜皇女〟――久しぶりに見るが、相変わらず「強さ」を具現化したような美だ。性格は面倒臭いが、それでもかなり魅力的だとスレイは思う。

だが戦闘者として見ると、今のスレイからすれば最早物足りない。彼女も生来の力任せで、技量が全く追いついていないのだ。

まあ彼女と戦った時のスレイ自身も、覚えていたのは剣の握り方と振り方ぐらいだった。型の一つも知らず、持ち前のスピードに任せた回避と、連撃の手数押しで引き分けに持ち込んだ一戦を思い出すスレイ。

たとえ彼女が竜化したとしても、この場に居る上位クラスの者相手には勝負にならないだろう。

続いてドラグゼスは第二皇女のエリナを紹介した。白髪に赤い瞳のアルビノの美少女だ。動作の一つ一つが上品で洗練されており、そのたおやかさは姉のイリナと似ても似つかない。

〝癒(いや)しの竜皇女〟という二つ名に相応しいその包容力は、スレイの友人――アッシュ・グラナリアの恋人には勿体無い程だ。現に、クロスメリアのヤンが頬を赤く染め、情熱に満ちた瞳で彼女を見詰めていた。

一目惚(ぼ)れとは……ややこしい事態にスレイは頭痛を覚える。

ともあれ、儚(はかな)げでありながら芯(しん)の強そうな彼女は確かに魅力的なのだが、スレイからすれば、恋人の居る女には興味が湧かなかった。

エリナが持つ治癒(ちゆ)の力には、何やら特殊な秘密がありそうだが……まあ戦うことがないなら今〝識る〟のも問題無いだろう。そう考えたスレイは、彼女を強く〝視た〟。

なるほど。魂と肉体の不適合、どうやらこれが彼女に治癒の力を与え、更には竜化を不可能にしているらしい。

輪廻の輪の奔流に解けきらなかった癒神イアンナの寵愛者——その魂が、彼女の魂の大部分を占めている。恐らく八十パーセント程か。

流石に神の寵愛者ともなれば魂が解けるのに時間がかかる。エリナの場合は、魂が解けきらぬ内に僅かばかり他の魂と混ざり、すぐに転生してしまったのだ。竜神によって創造された種族の肉体と癒神の寵愛を受けた魂では、その間にズレが生じて当然だろう。

だが興味は湧かない。もしエリナに何かあれば恋人のアッシュが対処するだろうし、自分はアッシュから頼まれた時に手を貸してやればいい。

「以上三人が、我が晃竜帝国の代表となる」

席に着くドラグゼスと立ち上がるゲッシュ。

「続いて、フレスベルド商業都市国家の方々、ご紹介をお願いいたします」

ゲッシュが言い終わると同時に軽快に起立したのは、赤い髪をした明るい男だった。

「どうも、はじめまして。フレスベルドの議会で議長を務めさせてもらっているカイト・ギルスだ。一応S級相当探索者でもある。〝商王〟などという二つ名でも呼ばれているね、よろしく頼むよ」

ウィンクまでして見せた男の裏側にある黒い部分を感じ取り、スレイは警戒心を抱く。

先程、カイトが背負っているダマスカスの弓を見て、スレイはまず、ライナのことを思い出した。瞳の奥に潜む狡猾さにも、ライナと同じ臭いを感じてしまう。

ライナは裏の世界の住人とはいえ、表でも広く名前を知られている。その結果、暗躍するにしてもたかが知れていた。

それに対しこのカイトという男は、政争から謀略まで、その戦術、戦略レベルに於いて危険なまでの手腕を発揮するだろう。しかも相当がめつそうである……ディザスターやフルールを見る目付きが、完全に売り物を見るそれだった。

スレイにとっては楽しみな戦闘相手ではなく、いかにも面倒臭い奴という印象しかない。

ただ一点、彼は迷宮の遺物の研究について、迷宮都市を擁するクロスメリアを超えている可能性があることは評価できよう。カイトの性質に気付き、スレイはそう考えた。

カイトの次は、娘のアリサだ。父と同じ赤髪をポニーテールにしている。

この美少女も狡猾そうではあったが、カイトやライナのような陰の気は全く無かった。

先程は少々挑発してやろうとそのスレンダーな胸に同情の視線を向けたのだが……胸はともかく、その見目麗しさは中々の物だ。男達を惹き付けて止むまい。

ただし、自分の女とするかどうかを決めるのはまだ早い。傍にいるダリウスという剣士との関係が読めないからだ。

じゃじゃ馬と言われたアリサが、ハリセンでカイトの頭を叩く、という皆の笑いを誘う一幕があった後、カイトの私兵にしてSS級相当探索者のダリウスが紹介された。

どこか人生に疲れたような表情をしているが、隙一つ無い。〝閃光〟と呼ばれる彼に、加速したスレイは驚嘆していた。ダリウスはSS級相当探索者の中でも有名な方では無い。しかしどうだ、探索者としても剣士としても超一流ではないか。大陸の純粋な剣を扱う者の中でこれだけの使い手など、スレイは他に知らない。

アルス、クロウ、ノブツナ、ダリウス……彼ら四人は紛れもなく天才である。同時に、エミリアの祖父であるエルフ、ジンの姿が思い浮かんだ。彼も忘れてはいけない。

かつてジンと戦った時、スレイは柄にも無く漢の浪漫に興奮してしまったが、冷静に考えると良く分かる。刀剣と魔法――分野こそ違うが、ジンは間違い無くこの四人に匹敵する。

技量は僅かに劣っているかもしれないが、一番の天才を選ぶならば、確実にジン一択だ。

天才の本質とは才能だけではない。

〝閃き〟――即ち劇的な発想が無ければ、真の意味で天才の壁は越えられない。その点、系統樹をドリルにするといった常軌を逸した発想――あれこそが真の天才である証といえるだろう。

……少しばかり脱線してしまったが、何やら不幸オーラを漂わせているこのダリウスも、興味深い好敵手（あそびあいて）だな、とスレイはほくそ笑んだ。

さて、アリサとこいつの仲はどうなるんだろうか。今のところは家族のように親しくしているが、そこに恋愛感情が混ざるかどうか……今はどちらにでも転びそうな按配（あんばい）だ。やはり暫く様子を見るか。

その後、カイトがダリウスのことを「暴走する自分と娘のお目付け役」などと評すると、怒り心頭のダリウスは、「分かっているなら改めろ！」と主人を怒鳴りつけた。

心温まるコントを見せつけられ、場に緩（ゆる）んだ空気が漂うが、実はそれすらカイトが意識して作り出したものである。スレイとしては警戒を解けない相手だった。

「まあこの三名が、フレスベルドの代表と考えてくれ。よろしく頼むよ」

またもウィンクしながら軽快に席に座るカイト。

慌ててゲッシュが立ち上がり、続きを促す。

「それでは続いて、聖王猊下（げいか）とお付きの方々、お願いいたします」

「どうもはじめまして、わたくしヴァレリアント聖王国の王と、ヴァレリア教の最高司祭を兼任しております、イリュアと申します。よろしくお願いしますね」

眩（まばゆ）いばかりの黄金（こがね）色の髪と瞳を持つ、絶世（ぜっせい）の美少女が口を開いた。

軽く礼をしただけで、その豊かな胸が揺れた。思わず眼を奪われる男性陣。

すると、イリュアの隣に座っていた金髪碧眼の男が険（けわ）しい眼差しで周囲を見回し、大きく咳払いをする。

〝聖王〟イリュア――神々しい光の如きオーラを放ち、カタリナに匹敵する美しさだ。

何より、大きな司祭服さえ押し上げる豊かな胸と、清純なイメージの顔立ちとのギャップが大きく、実に扇情的だ。男達が目を奪われたのも仕方の無いことだろう……無論スレイも含めて。

これだけ良い女は是非ともモノにしたい。特にあの胸など……そんな暴走しかけた思考をどうにか止め、加速を解除し通常時間に回帰するスレイだった。

世界が動き出すと、イリュアは仕方無さそうな顔で、隣に座る男を眺めた。

イリュアはその男、自らの兄であり護衛でもある〝聖剣〟ヴァリアスを紹介する。

見た限り、探索者としては超一流、しかし剣士としては一段劣るといったところだ。

ただ、聖王の守護者のみが受け継ぐという聖剣技には興味をそそられる。五つの剣理を超えた超剣技だというのだから、それは見逃せまい。

だが……と、スレイは彼をじっと見据えた。

あれはシスコンだ、どうしようもなくシスコンだ、紛れも無いシスコンだ、超シスコンだ。聖剣シスコンなどと呼びたいところだが、流石にそれは自重しよう。

「ここからは、中央の都市国家群で活躍されているSS級相当探索者の紹介になります。今回はわたくしに付いて来てくださいましたので、わたくしから紹介させて頂きますね。

まずは、ＳＳ級相当探索者の中でも、クロウ様達が復帰されるまで最古参として名高かった、〝拳聖〟オウル様」

イリュアに呼ばれたのは、まだ壮年にしか見えない茶髪茶瞳の男だった。

ほう、と感心するスレイ。

この男の闘術はかなりの領域に達している。クロウと同じく、経てきた経験の量が膨大なのだ。

まず間違い無く、「魔闘術」も極めているだろう。

それと、あのシークレットウェポンのセスタスは、実に面白い特徴を持っていそうだ。

想像通り応用性に優れているなら、オウルの経験を活かせばどれ程の武器になることか。

次にイリュアが紹介したのは、知者として知られる〝賢者〟アロウン。無造作に長く伸ばした茶髪の男だ。

その二つ名に相応しく、アロウンは知性に富んだ目をしている。

その姿は、どこかシェルノートの分体を思い起こさせた。まああれ程邪悪でもないし突き抜けてもいないが、一度ゆっくり語り合ってみたいものだ。

特に彼がかけている魔導科学製の眼鏡などは、かなり知識欲を刺激される。時間魔法を使い、迷宮に於いて過去の遺物を研究するのがライフワークだと聞いているので、眼鏡もその産物かもしれない。

迷宮に潜る以上戦いの経験も豊富そうだが、自ら望んで強敵と戦うタイプではないだろう。そもそも、彼のように時間魔法に特化した魔術師というのは極めて珍しい。

となるとやはり、戦闘相手としては不適格か。スレイはそう判断した。

次いで、傭兵国家グラスベルの国王〝傭兵王〟グラナル――黒いざんばら髪に無精髭を生やした男だ。粗野ではあるが野卑ではない、そんな印象を受ける。

この男、野望を持つという一点ではスレイと似ている。だが比較にならない程器が小さく、相手にはならない。

戦うにしても、一対一の決闘よりも戦場で兵を率いることに向いているのだろう。

まあそれならそれで、彼が率いる一軍全てと戦っても構わないのだが……下手をすると無抵抗の者達をスレイが蹂躙する事態になりかねない。

戦いに付いて来られるような精兵を、彼が多数抱えていればいいのだが。

次に紹介された〝英雄〟ブレイズは、グラナルの天敵といった感じだった。金髪碧眼の、爽やかで正義感溢れる表情をした男である。

悪しき野望を阻む為に居るような男で、だからこそ英雄などと呼ばれるのだろう。ただ、スレイとは反発しあうような気配が無い。

まあ俺の野望はあまりに馬鹿げていて、世間的にはアホらしいとか言われる類のものだからな。恐らくブレイズも、俺の野望を聞けば困ったように苦笑するだけだろう、とスレイは思った。

戦闘力でいえば、このブレイズもグラナルと似たようなものだ。対極にして相似とは、また良く出来ている。

最後に紹介されたミネアは、イリュアが紹介したメンバーの中で唯一の女性である。

何処かしら陰を感じさせる絶世の美女。〝毒蜂〟或いは〝毒蜘蛛〟。

そんな二つ名を持つ彼女は、カタリナ、イリュアと並ぶ美貌の持ち主だ。だがそれは陰性の美貌で、まさにカタリナと対極にある。

絶対に自分の女にしたいと思うと同時に、それ以上にスレイの頭を占めていたのは、彼女との戦闘だった。

かつて「大陸最大の闇」と呼ばれた巨大暗殺組織をたった一人で潰した少女、それがミネアなのである。

その組織にはオリハルコンの操糸術という、異常な戦闘術を開発した女がいた。

彼女は史上初めて「念操絃者」の称号を得た、いや生み出したのだが、その女こそミネアの師であった。

ただ一人その技を受け継いだミネアだったが、組織は何を思ったか、彼女をとある実験の被検体に選んだ。強力な毒モンスターを大量に使って、新しい蠱毒の法を編み出そうとしたのである。

ミネアの師は当然反対したが、組織によって謀殺されてしまう。

彼らも恐れていたのかもしれない。ミネアの師が操るオリハルコンの操糸術というあまりにも異端な技を。だが結果として、組織はそれ以上の化物を生み出すことになる。

組織は実験に成功してしまった。奇跡的に生き延びたミネアは、やがて師の仇である組織に牙を剥いた。

いかにオリハルコンの操糸術を受け継いでいたとはいえ、一人の少女が巨大な闇の組織に敵う筈も無かった――実験によって得た蟲毒血が無ければ。

ミネアの身体から流れ出る血は、危険極まる液体となっていた。

まさに絶対致死、周囲の空気に触れて揮発しただけで組織の人間を殺し尽くしたという。

今この場に居るような実力者達ならば、ある程度の時間耐えられるかもしれない。

だがいかにレベルが高くても、ミネアに直接触れれば、スレイと二匹のペットを除き、全員が間違い無く死ぬ。

周囲に居るのが一般人ならば、ミネアの汗でさえも危険である。彼女が探索者の肉体システムを活かし、分泌物を常に抑制していなければ、生きていられない。

加えてミネアは、オリハルコンの操糸術以外にも数々の武器を持っている。

呪いのシークレットウェポン、吸血のレイピアと蟲毒血を利用した小剣術、組織で叩きこまれた暗殺術などだ。

人を殺す――その一点に限るなら、ミネアはここに居る探索者の誰よりも長けている。

そんな彼女と戦ってみたい、とスレイは純粋に思う。

「ヴァレリアント聖王国と中央の国家群の代表は、以上となりますわ」

そう締めくくって座ると、イリュアは意味ありげにスレイを見つめた。

それに気付いたヴァリアスが、険しい視線をスレイに向けてくる。

スレイはどちらの視線にも構わず、変わらず侍女に話しかけていた。

「ふむ。しかし、万夫不当の剛の者と言われ、山河をも軽く砕く力を持ち、実際に地形を変え地図を塗り替えている化物達を一堂に集められるとは……やはりヴァレリアントは恐ろしいな」

「あら？　『勇者』という化物を一国で占有しているクロスメリアの陛下が、そんなことをおっしゃっても説得力はありませんわね？」

アルスとイリュアが挑発的に睨み合う。

それを遮るようにゲッシュが毅然と口を挟み、こう促した。

「続いてヘル王国、お願い致します」

その言葉を合図に、円卓の空気が一気に凍り付いた。

ヘル王国は闇の種族の国である。かつての聖戦に参加しなかったが故に、世界中から敵と認知され、蔑視されている。

その代表が発言するということで、人間達のみならず竜人族までが、少なからず緊張してその様子を窺っていた。

しかし、ゲッシュは変わらぬ態度だ。彼には偏見や差別意識が全く無い。

スレイも相変わらずで、近くにいる真紀達の険しい視線を完全に無視して、まだ侍女に相手をして貰っている。

皆が闇の種族達に身構え、緊張の糸がピンと張りつめているなかで、蒼いストレートの長髪と蒼い瞳をした絶世の美少女が、何も気にした様子もなく挨拶を始めた。

「人間の皆さん、そして竜人族の皆さん、はじめまして。わたしが初代にして当代の魔王、サイネリアと申します。よろしくお願いしますね」

にこやかに挨拶するサイネリア。

彼女から闇の波動が漏れ出し、周囲の者達に大きなプレッシャーを与える。

その中でただ一人、スレイだけは平然としていた。

侍女も固まってしまったので、仕方なく、お茶菓子をディザスターとフルールに食べさせる作業に没頭するスレイ。

しかし、ただの人間であるはずの侍女が硬直するだけで済んでいるとは……これがプロ意識の高さかと、スレイは侍女に感心してしまった。

加速した時間の中で、同じく加速したペット達にお菓子をやりながら、スレイはサイネリアを眺める。

小柄な体格に大きな胸というギャップ、そして色気を強調したドレス姿が堪らなかった。

そのオーラは聖王イリュアと対極の魅力を感じさせる。スレイは、イリュアとサイネリアの二人を共にモノにすると誓う。

だがそのサイネリアも竜皇と同じく、力は天狼に迫るものがありながら、技量が伴っていない。魔王とはいえ、史上初めて誕生した存在なのだから、それも仕方の無いことかもしれない。

平然としている様子に驚いたのか、加速を解いた後のスレイを面白そうに眺めるサイネリア。

そんな彼女がまず紹介したのは、吸血鬼族の長（おさ）にして五千年もの歳月を生き延びてきた〝吸血姫〟シャルロットだった。縦ロールの豪奢（ごうしゃ）な金髪に、鮮血を思わせる深紅の瞳を持つ美女である。吸血鬼族の特徴故か、凄絶（せいぜつ）で妖艶（ようえん）な色香を帯びていた。

カタリナ、ミネア、イリュア、サイネリアに匹敵する美貌だが、他の四人が二組の対を成しているのに対し、シャルロットだけは対となる者が居ない。

そんな彼女は、かつての聖戦を体験した貴重な存在だ。勿論当時のことなら、さながら生き字引の如く色々と知っている。そう、実はシャルロットを含め数人、個人的に聖戦に参加した闇の種族の者達が居たのだ。

純粋な力では魔王に及ばないながらも、ＳＳ級相当でも上位の力を感じさせる。

五千年という長きにわたって積み重ねてきた経験、知識、技量などを考えると、主であるサイネリアよりもシャルロットの方が、スレイの戦闘相手（あそびあいて）として相応しいかもしれない。

次に紹介されたのは、魔狼族の中で最長老の長、約三千年の齢を重ねるリュカオンだ。

先程サイネリアの影から現れ、多くの者を驚かせていた。

「よろしく頼む」と挨拶するリュカオン。狼の姿のままで、口腔（こうこう）内の空気を魔力で操作し、人間と全く同じ発声ができるらしい。

〝魔狼王〟リュカオン――天狼に匹敵する大きさで毛の色は漆黒（しっこく）。色こそ違えど天狼と同様にひたすら美しい。ただ残念なことに、年相応の経験はあるだろうが、その力は天狼より一段階劣っていた。

スレイはリュカオンの毛並みに見とれながら、サイネリアにこう尋ねる。

「ところでリュカオンだが、ここに来るまでずっとサイネリアの影に潜っていたのか？　影渡りの一種だとは思うが……」

「あら？　サイネリアっていきなり呼び捨て？　本当に面白い子ね」

「美人は呼び捨てにする主義でな」

「ふうん。でもまあ面白いから許してあげる。それで質問の答えはノー、ずっとじゃないわ。影渡りは人通りのある場所だけ。そんなに長い間閉じ込めていたら可哀想でしょう？」

「確かにそうだな」

スレイは納得して頷く。それを見ておかしそうに笑うサイネリア。

当のリュカオンは二人の遣り取りに困惑していた。

最後は鬼人族の長〝鬼王〟ダート。闇の種族としては百五十歳とまだ若く、三つの角を持つ大男の容姿は、人間と比較的近い。

力はリュカオンと同程度のようだが、経験不足に加え自信も備わっていない。

俺の戦闘相手としては物足りない。そう評価して、スレイは自らの加速を解除した。

「わたし達がヘル王国の代表かしらね」

サイネリアは優雅に席に着くと、代わってゲッシュが立ち上がり、一息吐いてからこう告げた。

「それでは、皆様方のご紹介が終わりましたので、これから本題である邪神対策の会議を始めたいと思います」

2

皆の視線を浴びながら、ゲッシュは冷静に話を進める。

「さて、皆様に会議開催の報せを出した時とは状況が大きく変わった点もあります。そこでまず一通り、現状の確認をしていきます」

「待ちたまえ、状況が大きく変わっただと？　先程スレイ殿の事情は聞いたし、ディザスター殿の存在も分かった。これ以上まだ何かあるのかね？」

　アルスが先陣を切って質問する。

「それも含めて、これからお話させていただきますが、よろしいでしょうか？」

「……ふむ。わかった」

　ゲッシュの答えに、アルスはあっさりと引き下がった。周囲の者もそれに倣い、静観の構えだ。

　勿論、アルスの一挙手一投足などに影響されない者もいるが、彼らは初めから騒ぐ訳も無い。

　つまりアルスは敢えて自分から動くことで、意図して話を進めやすい空気を作り出したのだろう。ゲッシュはそう推測し、やはり役者が違う、と舌を巻いた。

「それでは続けます。現在、邪神の封印が解けかかっていることは皆様ご存じの通りです。マリーニアの見立てによると、最上級邪神の力を以ってすれば、既に封印を破られていてもおかしくありませんでした。しかし、理由は分かりませんが、最上級邪神にはそのつもりがないようなのです。またその他の邪神達も、上級邪神であと一年、中級邪神であと十年、下級邪神に到ってはあと数十年、封印された状態が続くということです。我々は何とかして封印の地を見つけ、職業：勇者の封術により再度封印を強化していく――これで上手くいくはずだったのですが……二つ、問題が起きました」

話を進めると言いつつ歯切れの悪いゲッシュに、再びアルスが問いかける。

「上手くいくはずだった？　過去形かね。そして今は、二つ問題が起きていると……そう言えば、そこのディザスター殿は、邪神としては何級なのかね？」

「まず一つ目の問題は、そのディザスターのことになります。幸いディザスターはこちらの味方となりました……厳密にはスレイの味方なのですが。ただ恐るべきことに、ディザスターはあれ程の力を持ちながら、邪神としては下級なのです」

ドッと場がざわめく。

先刻、絶大なプレッシャーでこの場の実力者達を圧倒してみせた邪神ディザスター。その存在が下級だという事実に、誰もが驚きを隠せずにいた。

当のディザスターは相変わらず主の足元でくつろぎ、スレイに到っては、一人ティータイムと洒落込んでいる。加えて、未だ侍女が近付く度にしつこく口説く余裕もあった。

真紀やマリーニア達も最早呆れ果てたのか、スレイに厳しい視線を向けることも無い。

場の真剣な雰囲気を無視したスレイの行動は、まさに不真面目の極みだ。当然そんなスレイは置き去りにされ、会議は進行していく。

「ディザスター殿が下級だと？　待ちたまえ！　先程貴殿は、〝星詠〟マリーニア殿の見立てで、下級邪神の封印はあと数十年保つと言ったね？　ならば何故、その下級邪神であるディザスター殿がここに居るのかね？　いやそもそも、ロドリゲーニのような例外を除き、一体でも邪神が復活していること自体おかしいとは思っていたのだが」

ドラグゼスが力強い声でそう問い詰めた。

確かにこれは見過ごせない事実だ。何しろ大前提が崩れてしまっている。これでは邪神に関して、何があっても不思議では無いと言うことになりかねない。

逃さないとばかりに、ぐっとゲッシュを見据えるドラグゼス。

他の者達も、少数の例外を除けば皆一様に真剣そのものだ。

浴びせられる視線の強さにたじろぎかけたゲッシュだが、何とか踏み留まった。覚悟を決めて一度目を閉じ、一息吐いてからキッと眦を上げ、大きな声で答える。

「実は、それが二つ目の問題なのです。これはディザスターから齎された情報ですが、スレイの幼馴染だった上級邪神の転生体——つまり約二年前に覚醒、復活したロドリゲーニが、他の邪神の封印を解除して回っているらしいのです。ディザスター自身も、ロドリゲーニによって封印から解放されたそうです」

場に大きなざわめきが巻き起こる。当然だ、邪神が邪神の封印を解いているというのだから。

しかもその証明であるディザスターがこの場に同席しているのだから、否定のしようもない。

これは誰をも戦慄せしめる事態といって良い。

「ふむ……それでは、最上級邪神や上級邪神の封印も既に解かれているかもしれない、ということかね？」

周囲の喧騒を他所に、落ち着き払ったアイスが、無表情のまま静かに問いかける。

アイスの冷静さは、僅かとはいえ場に安心感を与える力があったようだ。

ゲッシュが答える。

「いえ、それはありません。先程も申し上げましたが、マリーニアの見立てでは、最上級邪神は自ら封印を破れるにも拘わらず、初めからそのつもりが無いらしいのです。一方で上級邪神については、シェルノートのように分体を外部へ送り出すなど、封印から逃れる為に幾つもの特殊な試みを行っているとか……ただ彼らは自力で破ることに拘わっているので、ロドリゲーニも干渉するつもりが無いようです。なので現段階で怪しいのは、あくまで下級と中級の邪神に限られるでしょう」

「その情報も、ディザスター殿から？」

アルスの問いに重々しく頷くゲッシュ。

僅かに皆の表情が弛緩した。

ほんの少しであっても希望的な情報が明らかになったのだ。しかし、そんな雰囲気を引き締め直すように、イリュアから鋭い声で質問が飛ぶ。

「それでは逆に、残り二柱の下級邪神と三柱の中級邪神は、既に封印が解かれているかもしれない、ということですね？」

皆の表情がかつてないまでに緊迫したものになった。

ディザスターと同格の敵が二柱、そしてそれよりも上位の敵が三柱も、既に復活しているかもしれない——そう考えれば緊張しない方がおかしい。

もしディザスターのみを相手にするとしても、ここにいる面々の総力を結集してすら勝てる可能性は限りなく低い。認めたくは無いが、この場にいる一部の実力者達はそれを既に思い知らされている。

他の者達も、実力者達の張り詰めた雰囲気に当てられ、沈黙せざるを得なかった。

尤も、スレイだけはペット達を愛でながら到って呑気に構えている。

口説かれ続けていた侍女も、スレイが齎す安心感も相俟ってか、だいぶ絆されたようだった。

イリュアが投げかけた質問によって生じた緊張の中で、ゲッシュは丹田に力を込め、地を力強く踏み締めるように立つと、毅然として答えた。

「いいえ。まず一つ訂正させて頂きます。下級邪神はディザスター以外に、あと一柱だけです。残りのもう一柱は、かつての聖戦に於いて、既にある男に滅ぼされたそうです」

邪神が既に一柱滅ぼされていた？　しかもただ一人の男によって？

明かされた信じ難い事実にざわめく一同。

その中でシャルロットだけが、分かりきっていると言わんばかりに頷いていた。

「中級邪神は三柱にして一柱たる存在ですから、実質一柱と考えて構わないそうです。しかしその分、強大な力を持つそうですが……」

中級邪神の知られざる実態が、続けざまにゲッシュから知らされる。そこで一人だけ、やはり既知の内容だと言いたげなシャルロット。

そんな様子に気付いたサイネリアは、シャルロットの胸中を問うように睨みつけた。

シャルロットは苦笑しながら「後で」と目で伝えると、ゲッシュを見るように促した。

サイネリアは不満そうにもう一度強く睨んでから、ゲッシュへ向き直る。

やれやれ、とシャルロットは肩を竦めた。

そんな中で侍女――スレイが本人から聞き出した情報によるとエリシア――は気を取り直し、円卓を囲む客人達の茶を注ぎ直すため、スレイの傍を離れていった。

スレイは、エリシアを「殆どモノにしたも同然」との感触を得ていたが、王城へ来る機会など今後まず無いだろうから、もう一押しせねばなるまいと考えていた。

時間を置いて再開しても問題無いように、ここで完全に堕としておきたい。

「それで結局、下級邪神と中級邪神の封印はもう解かれたと考えるべきなのかしら？」

今度はサイネリアがイリュアの質問を繰り返した。

やはりイリュアを意識しているのだろうか？

聖王と魔王――世界の表舞台で最も輝かしい頂点に居る者と、世界で最も忌まれた種族の頂点に居る者。光の神の寵愛を受ける者と、闇の神の寵愛を受ける者。

あらゆる意味で対極の存在なのだ。

実際、今の発言を受け、イリュアもまた、僅かばかりサイネリアへ視線を向ける。

周囲の実力者達ですら気付かない、微かな緊張があった。

だが敏感にそれを嗅ぎ付けて、「聖王と魔王か……両方とも絶対モノにしてやる。二人を同時に……」などと不埒なことを考えるスレイ。

ディザスターにとってみれば、スレイが抱くこのような戦闘欲や性欲が糧となる。

どちらも異常と言っていい程の圧倒的な欲望であり、自らに力を供給してくれるので、ディザスターはスレイのそのような姿も全肯定する。

ただやはりスレイの場合は、性欲よりも戦闘欲の方が強いだろうか？

ディザスターも最近気付いたのだが、神々によって埋め込まれた類稀な戦闘本能と、スレイ自身が育んだ闘争への飽くなき探求心が、スレイの中で混じり合っているようだ。

そしてその探求心が、神々から与えられた戦闘本能をも遥かに超えている為、とんでもない相乗効果を生み出している。

探索者になると、肉体改造によって人間本来の欲望は全て奪われ、イミテーション——偽物の欲望しか残らない筈だ。

にも拘わらず、性欲といい闘争への探求心といい、スレイだけが本来の人間すら比較にならない程の、本物の欲望を強く持ち続けていられるのは何故か。

ディザスターはそう疑問に思いながらも、「面白い」と、スレイへの忠誠心をなお篤くしていた。

だが、いかにその欲望がスレイの強さを支え、ディザスターの忠誠心を深めるものだとしても、自由奔放な言動が不謹慎であることに変わりはない。

現に、イリュアとサイネリアから質問を受けているゲッシュは、スレイの周囲にだけ気の抜けた雰囲気が漂っていることに軽く怒りを覚えていた。

それでも何とか自制しながら、ディザスターに話を振るゲッシュ。

「……どうなのですか？　ディザスター？」

『ふむ。下級邪神である絶望クライスターの気配は感じるが、中級邪神、三位一体トリニティの気配は感じない。どうやら今は、中級邪神の封印を解除中といったところらしいな』

「だ、そうです」

ディザスターの返事を以って、ゲッシュはサイネリア達への解答とした。

それを聞いた皆の反応は様々だ。

中級邪神がまだ封印中というのはありがたいが、下級邪神が既に復活しているというのは、ディザスターの力の片鱗（へんりん）を思い知らされた身にしてみれば、まさに戦慄すべき事態だ。この先どう対処していけば良いのか途方に暮れてしまう。

それにどうやら、ディザスターは邪神としては例外的な存在らしいので、参考にならない。

他の邪神はこれからいったいどんな行動を起こすのか、いや既に何かを仕掛けているのかもしれない。

圧倒的な力を持った敵が復活しているはずなのに、世界に何も変化が起こっていない——そのことが逆に疑問を生み出し、一同を混乱させていた。

「ちなみに、ですが」

皆の戸惑いを察し、少しでも明るい材料を提供しようとゲッシュは続ける。

「活発に動いているロドリゲーニは本来上級邪神だそうですが、人の身に転生したことで、ＥＸ級相当——下級邪神よりも弱くなったそうです。ただ弱体化した代わりに、封印解除を含む特殊な力を幾つか手に入れたと聞きました」

「ふむ、なるほど。そのような状況だからこそ、ロドリゲーニは他の邪神の封印を解除するなどという行動に出た訳か……邪神の思惑を我々の常識で推し量っていいものかは分からんが。ところで、ディザスター殿は本当に我々の味方と考えていいのかね？　彼もまた、ロドリゲーニが解放したのだろう？　ならばあちらの一味なのでは？」

そう懸念を表明するアルス。

確かにディザスターの力は強大に過ぎる。

だからこそ、どのような姿を見せていようと常に警戒しなければならない。称号：勇者にして一国の王たる身としては、一瞬たりとも気を緩められない。

アルスの心中を読み取ったディザスターは、敢えてプレッシャーを抑え、どこまでも強い意志を込めて、アルスと目を合わせた。

その時アルスは、ディザスターの瞳に、深淵の奥深くから宇宙創成の爆発の輝きが放たれているような美しさを感じた。

『我は主――スレイに従うのみだ。主が望むなら、お前達でも、最上級邪神イグナートでも、必ずや滅ぼしてみせよう。たとえ我が存在の全てが喪われることになろうとも』

「こういうことですので、スレイが居る限り、ディザスターが敵となる心配は無いでしょう」

ゲッシュがそう請け合った。

ディザスターのあまりに強い意志に、アルスは自分でも理解できない、名状し難い感情を覚える。

だが一つだけ、ディザスターのスレイに対する忠誠が絶対のものだということは理解できた。

スレイの為ならば誰であっても敵に回す、とディザスターは言ってみせた。そのことで、この邪神はそもそも、自分達に対して見せ掛けの友好など見せるつもりも無いのだ、とアルスは理解した。

と同時に、アルスはとりあえず一時の安心を得る。

ディザスターが最後に放った言葉――「たとえ我が存在の全てが喪われることになろうとも」というのは、人間で言えば恐らく「命を懸けて」という意味になるのだろう。

最上級邪神と下級邪神の実力差は分からない。だが、絶対に勝てる見込みのない戦いでも「命を懸けて」勝ってみせると本気で言ってのけた覚悟は凄まじい。

アルスは、家臣の一人からでもここまでの絶対的忠誠を受けられたならば、どれ程の喜びであろうかと、一国の王としてスレイに強烈な羨望を覚えていた。しかもその相手は人間ではなく邪神なのである。

そのスレイが今、目前でディザスターを叱っている。

ディザスターの放った、「その存在の全てが喪われても」という言葉に対してだろう。

そんな篤き信頼に支えられた主従関係を目の当たりにして、アルスはますます憧憬を抱く。

同時に、スレイとはいったいどれだけの人物なのかと、恐怖に近い感情さえ覚えた。

彼の物凄い功績や実力の程は色々と話に聞いているが、この場に現れてからのスレイは、見る限りずっと不真面目極まりない。

このふざけた青年が本当にそれ程の者なのだろうか、と疑いが生じてしまう。

ただアルスは、スレイと自分達とでは、見ているもの、感じているもの、その何もかもが異なるのだと解釈した。そうすれば、スレイに対する疑念も自然と薄れていく。

一言で表すなら「規格外」ということだろう。国も権力も権威も、彼にとってはどうでもいいのだ。

スレイがこの会議に現れたのも、邪神の復活を阻止して世界を危機から救うという大義名分の為ではなく、彼独自の価値観によって動いた結果なのかもしれない。

アルスはその驚くべき洞察力で以って、スレイの本質を見抜いていた。

「それで結局、私達はどうするべきなのかな?」

そう切り出したのはカイトだった。

緊張高まるこの場にあって、思いの外軽い口調で尋ねる。

スレイと同様に不真面目に見えるカイトだが、その瞳の奥には常に狡猾な光が宿っていた。この男の軽々しい物言いは、相手の油断を誘う為のものでしかない。

このような重大な会議の場ですらそれを貫くのだから、筋金入りだ。

しかし、実力者達にそんな上辺だけの嘘偽りは通用しなかった。結果として、彼らはカイトという人間について、その理解を深めてしまう。

カイトとしては、擬態を常としていたが故の失敗であろう。

当然、彼はすぐに自らの失態に気付いた。

この場にいる実力者達――つまり彼が駆け引きすべき世界の権力者達を相手に、自ら不利になる情報を与えてしまったのだ。

ただ、バレてしまったのなら仕方がない。今さら隠しても意味が無いと考え、カイトは開き直り、表面上は軽薄なお気楽者に徹することにした。

それに、未だカイトの軽佻浮薄に気付いてない鈍感な者や馬鹿共相手には、この方が有利に働くだろう。

内心、一部の人間を辛辣にあざ笑うカイトだった。

「私達が為すべきこと……そうですね。まず既に復活している邪神、絶望クライスターを、ディザスターを中心に力を合わせて討伐する。次に中級邪神の封印の地を探し出し、それが解除される前にロドリゲーニを倒す。その後、上級と最上級邪神も同様に探索し、職業：勇者様達の封術で、封印を最盛期のレベルまで強化する。これが最善の策だと思います」

ゲッシュはカイトに警戒の視線を向けつつも、そう答えた。

「なるほどね」

カイトや他の出席者達も納得して頷いている。

そこでノブツナがこう聞いた。

「邪神達は、大まかに言うとどの辺りに封印されてるんでぇ？　これから探すっつぅくらいだから、そこのディザスターって邪神も知らないんだろうが……仮にもここまで恐れられている邪神共だ。ヒントになりそうな伝承の類が結構残ってんだろ？」

「いやそれが……探索者ギルドの諜報員を総動員して調べたのですが、何処の地域にもそういったものはありませんでした。唯一、迷宮都市の探索者ギルドに保管されていた古い文献に、僅かな情報があったくらいです。それで分かったのは、全ての邪神が迷宮都市にある何処かの未知迷宮に封印されているということぐらいで……」

「はぁ？」

ゲッシュの答えに、ノブツナは気の抜けたような声を出した。表情も大げさなまでの呆れ顔だ。

「それじゃあ何も分かってねぇのと一緒じゃねぇか？　そうだ。こんな時こそ〝星詠〟の占術で何か分かんなかったのか？」

ゲッシュは言葉を濁す。

「それが……ああ、文献にはかつての聖戦についても、多少記述がありまして。その戦いに身を投じていた面々は、称号：勇者やSS級相当探索者、それに精霊王など様々な種族がいたそうです。その中でもある男が一人だけ別格の強さを誇り、他には一万歳を超えていた当時の竜皇様と職業：勇者様三人が神々にも匹敵する力を持ち、中心的な戦力だったとか」

「そいつはまた……今の代とは随分と出来が違うんだなぁ？」

ライバン達を見下したようなノブツナの言葉。

勇者の三人は顔を真っ赤にして怒鳴ろうとしたが、アルスが面倒臭そうに手を上げて制すと、青褪（あおざ）めて大人しく引き下がった。

「あと、その『ある男』ってのは何者でぇ？」

「私の想像では、その男こそが下級邪神の一柱を滅ぼしたのだと思います。念の為（ため）ディザスターに確認を取りましたところ、それ自体は肯定したのですが、詳しい情報については口を閉ざしてしまいました」

「はぁ？　おい、そこの狼。何でそいつを教えねぇんだ？」

恐いもの知らずのノブツナはディザスターに喰ってかかった。

ノブツナとて、先程ディザスターの強大なプレッシャーに平伏した一人だ。当然ディザスターとの実力差は理解している。

ノブツナの胆力に少しばかり感心するスレイだが、ディザスターは違った。

ディザスターはスレイから言われていた。スレイの前世と現在が繋がるような情報については、何かと面倒臭そうだから伏せておくように、と。

スレイ自身も、自分の前世について完全に思い出せた訳では無い。

ただ、全知への接触で〝識(し)〟った情報によってある程度記憶が蘇(よみがえ)っていたし、ディザスターが過去の聖戦で忠誠を誓っていた主がスレイの前世であることも、ディザスター本人から聞いて承知している。

だからこそ、何も明かすなと頼んだのだ。

ディザスターからすれば、それは主から受けた絶対命令に等しい。敢えてその情報を聞き出そうとするノブツナは、ディザスターの逆鱗(げきりん)に触れた。

ディザスターの発する圧倒的なプレッシャーがノブツナを襲う。

『一つ言っておく。我は過去の聖戦で**その男**に忠誠を誓い、他の邪神達と戦った身だ。余計なことは他言無用と言われている。我が忠心を破らせようというのなら、それ相応の覚悟は出来ていような?』

あまりのプレッシャーに恐怖心が麻痺(まひ)し、無意識のうちに戦闘態勢に入ったノブツナは、予想外の事態に驚愕した。

すぐに触れてはいけなかったと判断し、ここは引くことにする。

「悪かった。すまねぇ……このことについちゃあ今後一切聞かないと約束する。許しちゃあくんねぇか？」

『聞かぬというのであれば、何も問題は無い』

プレッシャーを収めるディザスター。

謝罪などに興味は無いが、弁えるのならば良いだろうという口調だった。

麻痺していた恐怖心が戻ると同時に、ノブツナの身体からドッと汗が噴き出しそうになる。意識して汗腺を閉ざし、汗となりかけた水分を全て血液へと戻すノブツナ。

ようやく落ち着きを取り戻したノブツナは、自らが勝手に話を脱線させたことは棚に上げて、ゲッシュを再び問い詰め始めた。

「まあ良く考えたら、かつての職業：勇者や下級邪神を滅した男なんて、話の本筋とは関係無いじゃねぇか。で、占術はどうしたんでぇ？」

やはりゲッシュは歯切れが悪い。

「つまりその……それだけ優秀だった職業：勇者様の封術ですので、緩みや綻びが生じていても、その力は高度かつ強大であり、気配も完璧に隠されていました。逆に、封印から漏れ出る邪神の波動はあまりに強力過ぎて全世界に広がり、その中心点が何処にあるのかさえ分からない。つまり、マリーニアの占術を以ってしても、何も〝視〟えないという訳です」

「は？　何だそりゃ？　術は完璧に隠されてるのに、邪神の波動だけは世界中に広がってるってぇのはあべこべだろう？」

ノブツナとゲッシュの遣り取りを聞いていた一同も同意するように頷く。

「ええまあ。そんな矛盾すらも当然のように起こしてしまう……それだけ無茶苦茶な力だということなのです」

「はぁ……つまり結論としちゃ、〝星詠〟は役立たずで結局は何も分からなかったと、そういうことだな？」

ノブツナが厳しい口調で突き放すのに対し、全くその通りなので何も言い返せないゲッシュ。

役立たずと呼ばれたマリーニアも、俯き黙り込んでしまった。

ケリーは姉のそんな姿に拳を握ったが、ここで何か言える筈も無い。

相手が自分より遥かに強大な実力者であるが為に、無謀に突っ掛かれもしない。悔しさのあまり唇を噛み締める。

そんな弟子ケリーの様子を見て、やれやれまだまだだな、と肩を竦めるクロウ。

「まあ落ち着け、クソ息子」

「なんだとっ、このクソジジィ！」

弟子の代わりに仕方なく、しかし妙に楽しそうにクロウが窘めると、それがあまりに乱雑な言葉だったからか、ノブッツナは怒鳴り返した。

「ゲッシュ殿やマリーニアを責めても仕方あるまい。彼らを責めたところで、分からぬものが分かるようになる訳ではなかろうに。それよりも、もっと建設的に物事を考えるべきじゃろう?」

「うぐっ」

クロウの尤もな意見に、悔しいが納得するしかないという表情で、低く唸って黙り込むノブッツナ。

「ふむ、それではクロウ殿はこれからどうするべきだとお思いですか? ここは一つ、ご教授を願いたいですね」

賢者アロウンが興味深そうにクロウに質問した。嫌味な言い方に聞こえるが、本人にそんな意図は全く無い。ただ純粋に、クロウがどんな考え方をするのか興味津々なのだ。言ってしまえば好奇心の塊なのである。

勿論、過ぎた好奇心は自らを殺しかねない危険なものだということは、アロウン自身承知している。

より多くの物事を知りたい身としては、命はできるだけ長らえたい。それでもこの性分は変えられない。業が深いな……と苦笑するアロウン。

「どうするかと言ってもの、折角ＳＳ級相当探索者や人外の強大な存在がこれだけおるんじゃから、未知迷宮を虱潰しに探索して、封印の地を探し出すしかないじゃろう」

「まあ確かに……未知迷宮を最奥まで探索できる可能性があるのは、俺達ＳＳ級相当探索者か、それ以上の力を持つ人外の連中ぐらいだからな。だがタダ働きってのは無体だろう？　報酬は出るのか？」

クロウの提案を肯定しつつも、グラナルがそう口を挟んだ。

「この阿呆。非常事態だからこれだけの者が集ったのだぞ？　自身に危害が及ぶかも知れぬ事態を収拾するのに、報酬を求めるなど論外だ。大体、未知迷宮を探索すれば、それだけでかなりの収入が得られるだろうが。その上更に……など、どれだけ馬鹿なのだ、お主は」

オウルに叱責されると、頭が上がらないのか、グラナルはバツの悪そうな顔になった。

「しかし、いくらこれだけの面々が居るとはいえ、封印の地を見つけ出せるかどうかは賭けになると思いますが？」

ブレイズが真面目な表情で意見を述べる。

「そうさねぇ。私らでさえ、最奥まで探索できるかどうか分からない迷宮も多く存在するんだ。数をこなすのなら戦力を分散させなきゃいけないが、そもそも最奥まで辿りつけなきゃあ意味がない。さて、いったいどうするんだい？」

楽しそうに笑いながら、意地悪げに問うミネア。

「申し訳ないが、私は聖王猊下の傍を離れるつもりは無いので協力できない」

ヴァリアスがそう主張すると、ダリウスも同調して言った。

「それを言うなら俺だって、カイトのおっさんの傍を離れる気はないぜ？」

「それなら私も、立場上長い間国を空ける訳にはいきませんが……」

ついにはフェンリルまでそう切り出した。

しかしこの場に居る実力者達のほとんどは、様々な事情を抱えながらも万難を排し、惜しみなく協力するつもりで集まって来たのである。当然ヴァリアス達を、「こいつらは何を言っている」とばかりに睨み付けた。

それに対抗して睨み返す三人。

カイトが面白そうにその様子を眺めれば、イリュアは頭痛を我慢するかのようにこめかみに手を当てた。アイスは一人静かに瞑目している。

「あらあら、随分と意見がバラバラね？　かつての聖戦時、傍観に徹したが故に未だ世界中から差別を受けているわたし達闇の種族としては、邪神相手に人間が結束していないこの状況、とてもじゃないけど納得できないわよ？」

「くっ」

サイネリアの痛烈な皮肉に、三人は唸る。

そんな彼らを嬲るように見つめ、なお弄んでやろうかと考えるサイネリア。だが、何事か思案していたシャルロットがこう提案した。

「妾はただ封印の地を探すだけではなく、いざという時に備えて戦力を強化するべきだと思うのだが。どうかのう？」

「戦力の増強と言っても、既にここに居る殆どの探索者が限界レベルですし、各種族の方々も短期間で急激な成長を図るなど不可能でしょう？　もしできるとしたら職業：勇者の方々と、ケリーとマリーニア、それにスレイぐらいだと思いますが」

ゲッシュがそう言うと、シャルロットは「やれやれ、分かってないのう」と言わんばかりに首を振った。一部の実力者達も、シャルロットに同調するように、ゲッシュに否定的な視線を向けていた。

シャルロットは、無駄だとは思いながらも告げる。

「そうだのう。その者達――スレイ殿を除いた五人には、普通に未知迷宮を探索しながらレベルを上げてもらってはどうかな。安全の為に実力者を一人付ければ大丈夫じゃろう。他の探索者や人外の者達は、迷宮を探索しながら技量の底上げということになるかのう？」

「それだけでは、劇的な戦力の増強が図れるとは思えませんが？」

ゲッシュは首を傾げた。

「やり方次第ではそうでも無いぞ……後はまあ、どうやら妾も含めて色々と面白い研究をしておる連中が居るようじゃ。既にそれを実用化している者も居るじゃろうから、そういう成果を公開させるのは当然だのう。それと役に立つ武具の収集、効果的なレアアイテムの共有なども迷宮探索では必要じゃ。各地の神獣とも交渉して助力を願うべきじゃし、勇者の封印が破れた場合は、その維持から解放された神々の助力も期待するしかあるまいて」

シャルロットの発言に、露骨に嫌な表情を見せる面々。

手の内をばらしたりレアアイテムを分配したりすれば、いざという時の切り札を失うことになりかねない。これは期待薄かな、とシャルロットは肩を竦めた。

仕方ないので、手っ取り早く、しかも何の障害も無いプランを提示する。

「まあそれが難しいのなら、属性面での強化を目指してはどうかのう。我ら闇の種族は、とりあえず『闇の迷宮』に挑ませてもらおう」

知るはずのない未知迷宮について語るシャルロットに驚くゲッシュ。

「なっ……未知迷宮の知識をお持ちなのですか⁉　しかも属性面での強化とは⁉」

「あああ、これも年の功というものじゃ。『闇の迷宮』には異界の闇の神々が封じられているであろう？　闇を扱う我らにしてみれば、その力を吸収し、己が強化に使うことも可能なのじゃよ。尤も我らのみの探索では、流石に神たる存在に対抗するのは難しい。助力を願うことになるじゃろうがの」

サイネリアは、またも臣下であるシャルロットが自らの与り知らぬ情報を秘していたことに、怒りの目を向ける。

シャルロットはそんな主の視線を無視し、誰にも気付かれぬよう、スレイを意味ありげに見やった。

だが、スレイはエリシアを完全に堕とす機会を狙ってよそ見していたので、不機嫌な顔になるシャルロット。

ふと、ドラグゼスが尋ねた。

「それでは、我々竜人族が属性強化の為に探索すべき未知迷宮なども、心当たりがおありかな?」

「うむ、お主等は『竜帝の迷宮』に挑むのが良いと思うぞえ。異界の竜の神々が封じられておるからの」

「なるほど。ゲッシュ殿、探索者ギルドに『竜帝の迷宮』の情報はありますか?」

「え、ええ。未知迷宮でも屈指の難易度を誇りますので、ほんの表層階までですが……一応は」

「それでは、後程教えていただけますかな?」

「は、はい。それは勿論」

ドラグゼスの要求にゲッシュは流されるように答える。

だがそこで、シャルロットが待ったを掛けた。

「まあ、待て。『竜帝の迷宮』についても、妾の方が有用な知識を与えられると思うぞえ？　とりあえず一つ忠告じゃ。あそこの神は皆強力じゃから、当然竜人族だけで挑むのは止めるべきじゃろう。それと、最下層に居る神は、この世界で強大な力を手に入れた上に狂っておるからのう。注意せねばならぬ」

「……シャルロット殿。失礼ですが、何故貴女は迷宮の最下層の情報までご存知なのでしょうか？」

訝しげに問うドラグゼス。

当然、他の者達も同様の疑問を抱いていた。

「簡単じゃ。妾は約五千年前当時の――つまり、最早世界から喪われた最盛期の魔導科学の知識を持ち、今なおその研究者じゃ……まぁここ暫くはサボっておったがの。でじゃ、占術の真似事ができる装置を持っておった。ただ酷く不安定で、その装置を使って見られたのは、当時特に知る必要も無かった知識じゃったがの。ちなみに装置はとっくの昔に壊れてしもうておる。当時の神々の手による遺物じゃから直しようもなく、既に手に入れた情報以外は提供しようが無い」

「なんと⁉」

思わず声を上げるドラグゼス。

「え？　シャルロットってそうだったの⁉」

それに追随したのは、何故かシャルロットの主である筈のサイネリアだった。

他の者達は驚愕したり、金になりそうな話だと判断したのか、目を光らせたりしている。

「役に立つ物なら提供しても構わんが、所詮趣味の代物じゃから、戦闘で有用な物はほとんどない。あったとしても、お主らの趣味には合わんと思うぞえ？　それに、お主らでは神々の遺物を研究してもさっぱり訳が分からぬように、妾の知識や妾の製作した装置を研究しても、どうしようもないぞ？」

その言葉にあからさまに落胆する一部の者達。

「ついでじゃ、聖王殿？　お主も光神ヴァレリアの神子故に、肉体の改造は受けられない身であろう。じゃが、だからこそ異界の光の神々が封じられし『光の迷宮』に挑めば、光の神々の力を吸収し、どのようなものかは分からぬが相当な力が得られる筈じゃ」

「なっ⁉　戦う術の無い聖王猊下に、迷宮探索に挑めと言うのかっ‼」

「それを護る為のお主であろうが？」

シャルロットの的確極まる指摘に、うぐっと黙り込むヴァリアス。

「尤もお主では力不足じゃから、やはり助力は得るべきであろうな？」

「貴様っ‼」

「やめなさい、ヴァリアスッ‼　……ありがとうございますシャルロット殿、ご提案感謝します」

激昂するヴァリアスを静止し、イリュアが挑戦的な目付きでシャルロットに礼を述べた。

だが、シャルロットはそれ以上取り合おうともしない。

これが年の功か、流石は約五千歳……まるで超お婆ちゃんの知恵袋だな、とスレイは思う。

「さて、それでは他に何かあるかのう？」

何時の間にか、場はシャルロットに仕切られていた。

流石は超お婆……と失礼な呟きを内心で繰り返すのを止め、スレイが口を開いた。

「神獣の助力を請う交渉は、誰がやるんだ？」

「それはまあ適宜、適当にのう」

「いい加減だな」

自分が関心を示したことに嬉しそうなシャルロットの変化にも気付かず、スレイは呆れ声でぼやく。

「そうそう。スレイ殿、お主には是非とも『邪龍の迷宮』に挑んでもらわねばな」

「俺が？　何かあるのか？　俺は今、なるべくレベルを上げたくないんだが」

スレイの発言に場がざわめいた。

当然だ。探索者がレベルを上げたくないなどと言えば、普通は正気を疑う。それについて、スレイも自分の考えをいちいち説明する気は無い。

スレイの言葉にディザスターは満足気に頷いた。しかしそれと同時に、シャルロットの提案に賛成である旨（むね）を、視線でスレイに告げていた。

ディザスターの態度が矛盾していることに疑問を抱くスレイ。

ディザスターはスレイに忠実なのだが、あまり多くを語らないので、詳細まで色々と分からないことがあって困る。

シャルロットも言葉を濁した。

「まあ、あの迷宮とお主には必然がある、とだけ言っておこう」

スレイはそれ以上追及せずとりあえず納得し、沈黙する。

周囲の者達は、疑惑の目をスレイとシャルロットに向けていた。

そこへふと、アルスが口を挿（はさ）む。

「私からもいいかね？」

「ふむ、何かのう？」

「情報交換の一環として、ここに居る者達の力を確認してみたいと思ってね？　探索者全員にステータスを開示してもらいたい。その後、選別した方々で手合わせなどをして貰うのはどうだろうか。能力値を見ただけでは実戦での力が把握できないし、人外の方々も居るから丁度良い」

そう言う間、アルスの強い視線はずっとスレイに注がれていた。

「ふむ、なるほどのう。それは良い考えだの」

シャルロットも賛同し、まずは探索者達がステータスを公開していく。

その際、彼女からの提案で、自己紹介をしたのとは逆の順、まずはヴァリアスからカードを見せることになった。

ヴァリアス Lv：95　Age：32

【筋力】S　【体力】S
【魔力】SS　【敏捷】EX
【器用】SSS　【精神】SS
【運勢】S

【称号】不死殺し（アンデッド・キラー）、竜殺し（ドラゴン・バスター）、聖剣技の使い手、光神の神殿騎士、聖王の守護者

【特性】闘気術、魔力操作、聖剣技、思考加速、思考分割、剣技上昇、聖属性、光属性、炎耐性、水耐性、土耐性、風耐性、毒耐性、光耐性、闇耐性

【祝福】光神ヴァレリア

【職業】剣皇

【装備】聖剣ヴァレリア・ソード、神殿騎士のブレストプレート、神殿騎士のバックラー、光狼の革のジャケット、光狼の革のズボン、光狼の革靴

【経験値】9999　次のLvまで0

【預金】0コメル

「聖剣技の使い手」とは「聖剣技」の特性の持ち主に与えられる称号である。

そして「聖剣技」とは「聖王の守護者」に代々伝えられる神聖なる剣技で、剣理を超えた、五つの超剣技で構成されている。

「聖王の守護者」とは光神ヴァレリアの神殿騎士筆頭の称号であり、この称号を持つ者は「聖剣技」を習得する資格を与えられ、また聖王の傍に侍ることが許される。


ＳＳ級相当探索者なのに預金が０コメルであることにスレイが疑問を唱えたが、「迷宮都市以外では探索者カードのシステムは使えないのだから当然だろう」と、皆から胡乱な目で見られてしまった。

これには流石のスレイもバツが悪い。

ヴァリアスについてはやはり「聖剣技」のみが興味の対象だな……などと考えながら、小さく苦笑いするスレイだった。


次に公開されたオウルのステータスを見た瞬間、誰もが唸ってしまった。

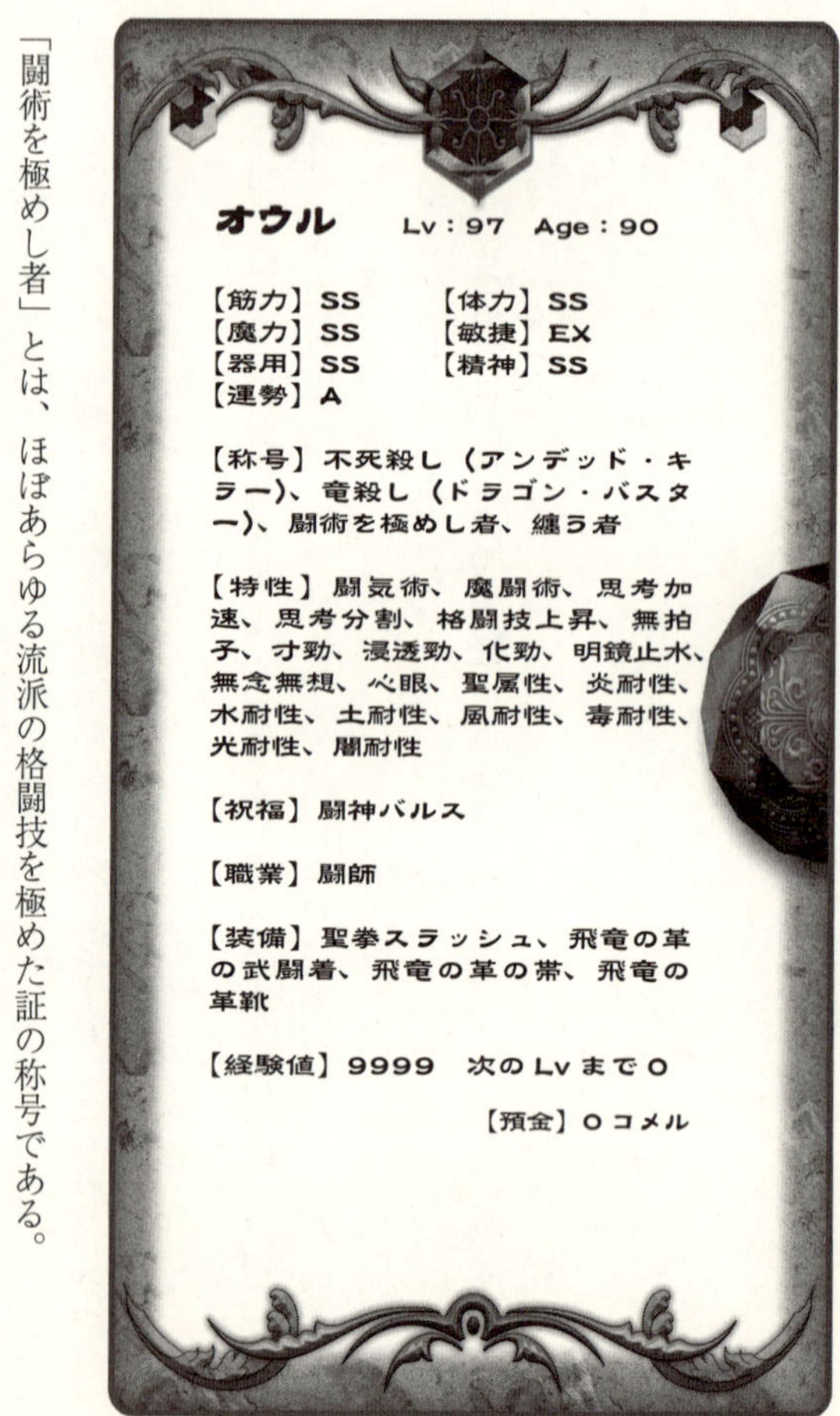

オウル　Lv：97　Age：90

【筋力】SS　【体力】SS
【魔力】SS　【敏捷】EX
【器用】SS　【精神】SS
【運勢】A

【称号】不死殺し（アンデッド・キラー）、竜殺し（ドラゴン・バスター）、闘術を極めし者、纏う者

【特性】闘気術、魔闘術、思考加速、思考分割、格闘技上昇、無拍子、寸勁、浸透勁、化勁、明鏡止水、無念無想、心眼、聖属性、炎耐性、水耐性、土耐性、風耐性、毒耐性、光耐性、闇耐性

【祝福】闘神バルス

【職業】闘師

【装備】聖拳スラッシュ、飛竜の革の武闘着、飛竜の革の帯、飛竜の革靴

【経験値】9999　次のLvまで0

【預金】0コメル

「闘術を極めし者」とは、ほぼあらゆる流派の格闘技を極めた証の称号である。
特性である「格闘技上昇」に加え、更に重複して補正がかかる。

特にクロウやノブツナは驚愕の色を隠そうともしなかった。

スレイもまた、思わずにやりと笑みを浮かべる。「闘術を極めし者」とは大したものだ。

それに……。

「オウルはグランド家に師事したことがあるのか？」

不躾に尋ねるスレイ。

「いや、師事したことはないぞい。ただいくつかの分家で道場破りをして、ついでにいくつか技を盗ませてもらったがの」

「なるほど」

オウルの穏やかな物腰に似合わぬ物騒なセリフを耳にして、何人かが顔を引き攣らせていた。

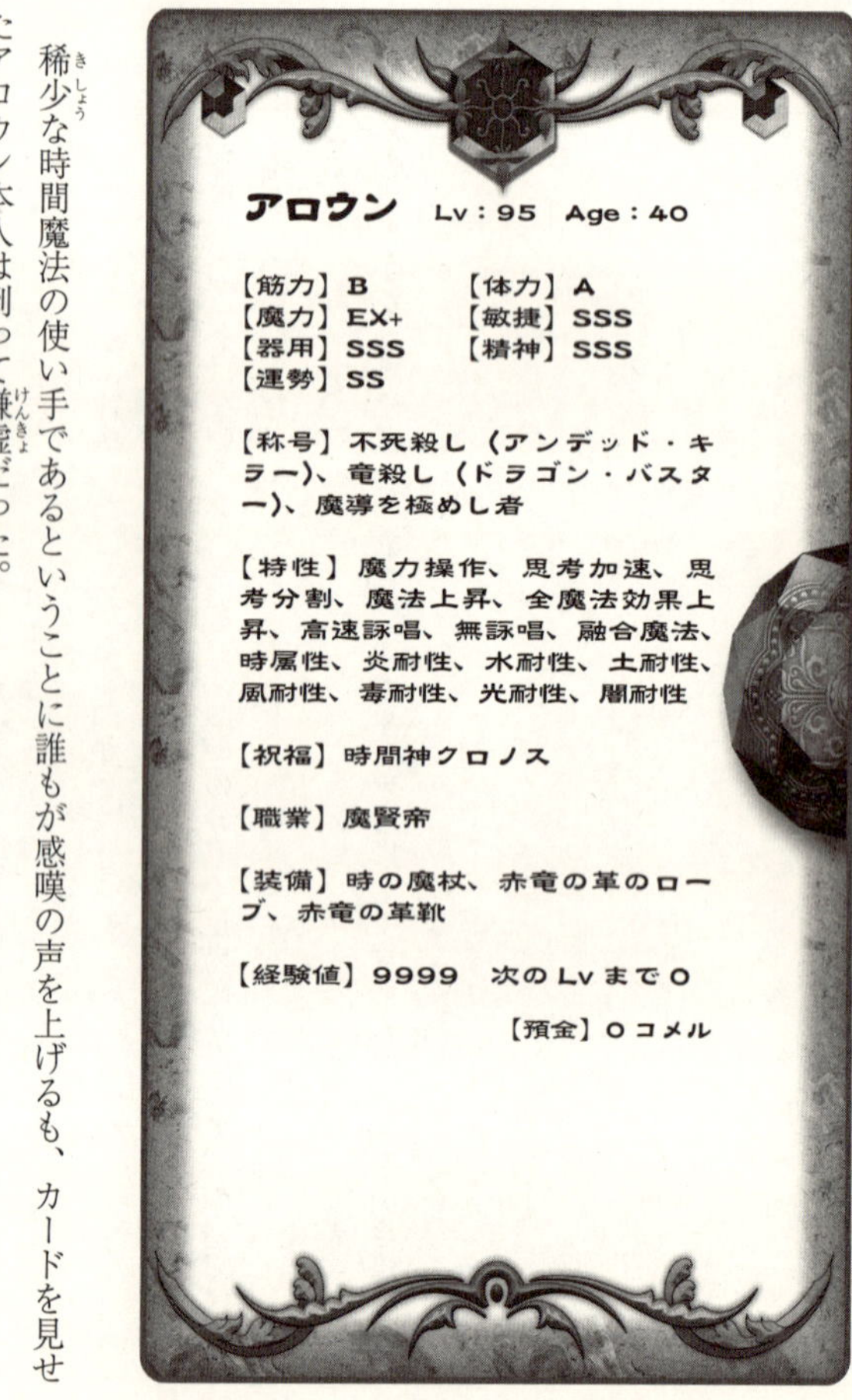

稀少な時間魔法の使い手であるということに誰もが感嘆の声を上げるも、カードを見せたアロウン本人は到って謙虚だった。

「ここに集う実力者達のように、光速を超越して時系列の束縛を破れる者には、時を止めても全く意味が無い」と自嘲している。

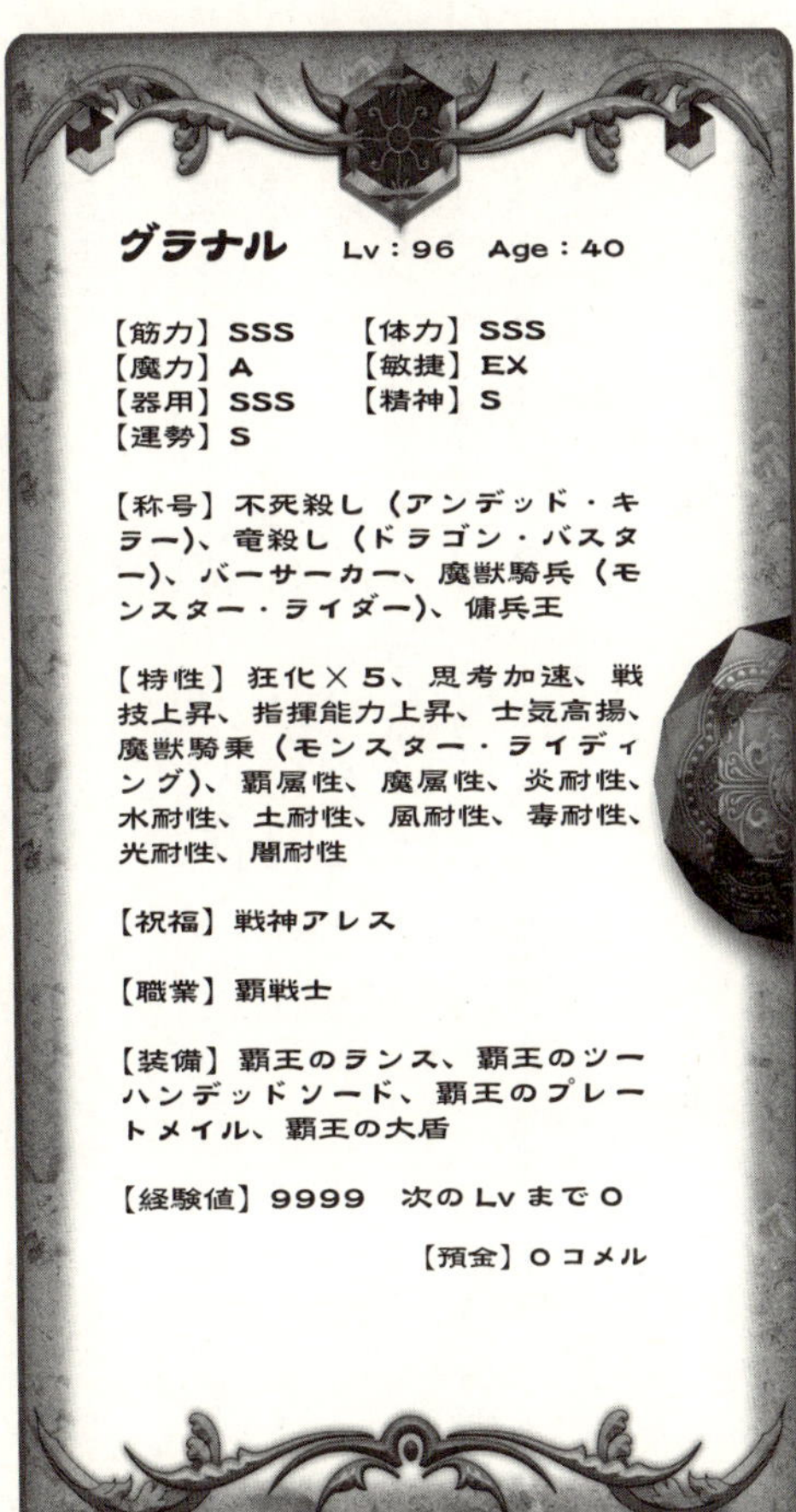

「魔獣騎兵(モンスター・ライダー)」とは、「魔獣騎乗(モンスター・ライディング)」の特性を持つ者に与えられる称号であり、「魔獣騎乗」とは魔獣に騎乗可能となる特性である。

「指揮能力上昇」は軍を指揮する能力が上昇補正される特性、「士気高揚(こうよう)」は軍の士気を高揚させる能力が補正される。


グラナルが有する数々の特性のうち、軍勢を率いることに特化したものに、王達は著(いちじる)しい関心を示す。

全く関心を示さないノブツナは、娘シズカに皮肉を言われていた。

一方、スレイは魔獣騎乗の特性に興味が湧いた。

しかしすぐにオウルが、グラナルが騎乗するのはグリフォンで、ブレイズが騎乗するのはペガサスだとネタばらしをしたので、スレイは楽しみが減ったと落胆してしまうのだった。

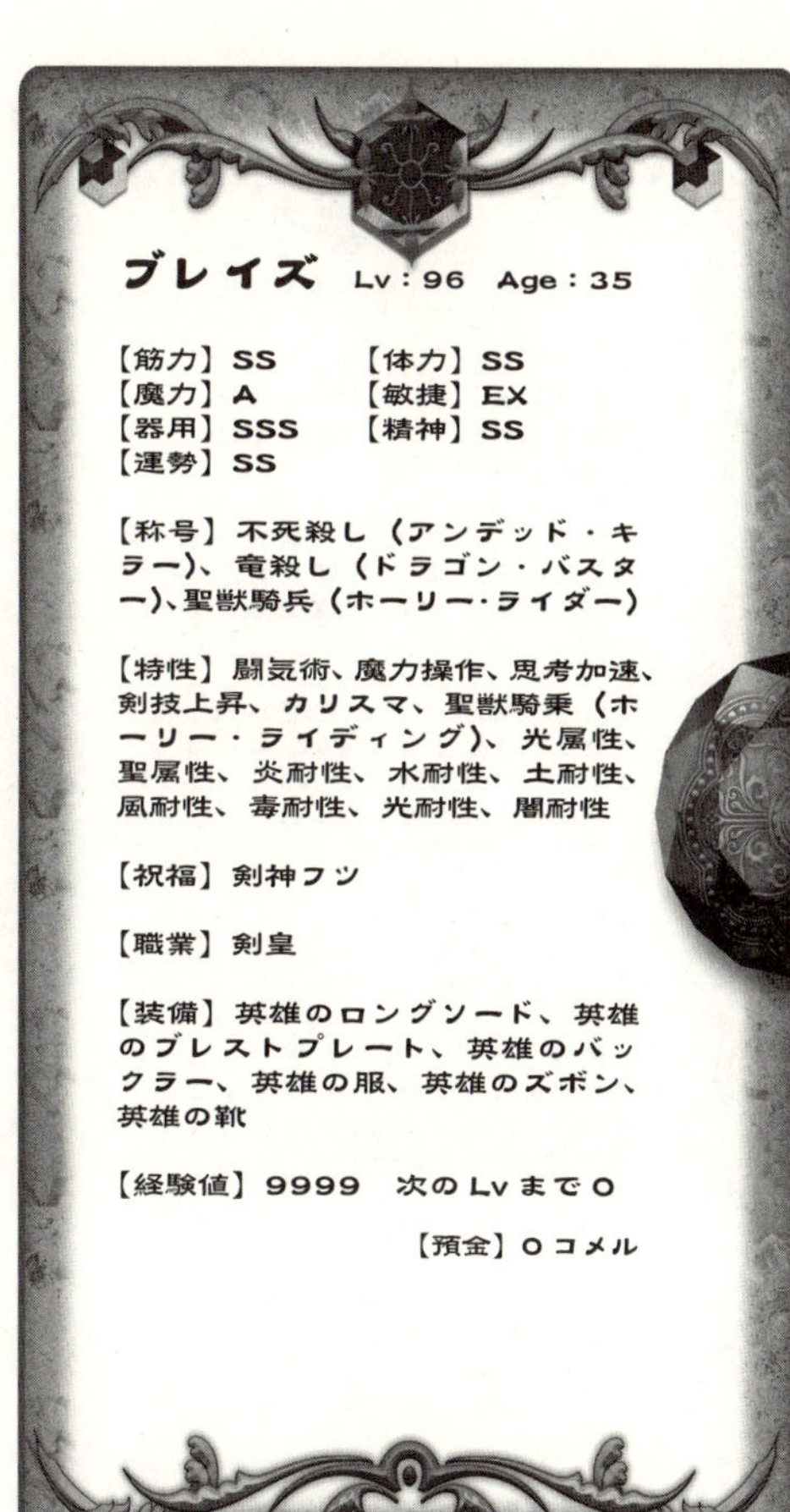

ブレイズ　Lv：96　Age：35

【筋力】SS　【体力】SS
【魔力】A　【敏捷】EX
【器用】SSS　【精神】SS
【運勢】SS

【称号】不死殺し（アンデッド・キラー）、竜殺し（ドラゴン・バスター）、聖獣騎兵（ホーリー・ライダー）

【特性】闘気術、魔力操作、思考加速、剣技上昇、カリスマ、聖獣騎乗（ホーリー・ライディング）、光属性、聖属性、炎耐性、水耐性、土耐性、風耐性、毒耐性、光耐性、闇耐性

【祝福】剣神フツ

【職業】剣皇

【装備】英雄のロングソード、英雄のブレストプレート、英雄のバックラー、英雄の服、英雄のズボン、英雄の靴

【経験値】9999　次のLvまで0

【預金】0コメル

「聖獣騎兵（ホーリー・ライダー）」とは、「聖獣騎乗（ホーリー・ライディング）」の特性を持つ者に与えられる称号である。そして「聖獣騎乗」とは、聖獣に騎乗可能となる特性である。

「カリスマ」とは、人心を惹きつける魅力が上昇補正される特性だ。

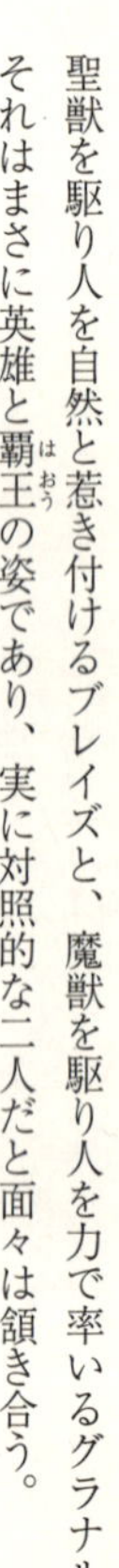

聖獣を駆り人を自然と惹き付けるブレイズと、魔獣を駆り人を力で率いるグラナル。
それはまさに英雄と覇王の姿であり、実に対照的な二人だと面々は頷き合う。

ミネア Lv：98 Age：34

【筋力】SS 【体力】SS
【魔力】A 【敏捷】EX
【器用】EX 【精神】SSS
【運勢】A

【称号】不死殺し（アンデッド・キラー）、竜殺し（ドラゴン・バスター）、蟲毒の主、念操絃者、バーサーカー

【特性】狂化×5、思考加速、思考分割、戦技上昇、蟲毒血、オリハルコンの操糸術、毒属性、炎耐性、水耐性、土耐性、風耐性、毒耐性、光耐性、闇耐性

【祝福】戦神アレス

【職業】覇戦士

【装備】吸血のレイピア、オリハルコンの糸、ミスリル絹のタンクトップ、ミスリル絹のスパッツ、地竜の革のハイヒール

【経験値】9999 次のLvまで0

【預金】0コメル

「蠱毒の主」とは、強力な毒性モンスターを大量に用いた新しい蠱毒の法の実験で生き残り、最兇の「蠱毒血」を得た者に与えられし称号である。

「蠱毒血」とは、ミネアのみが持つ絶対致死の毒性を持った血のことだ。

いかに強い毒耐性を持った探索者でさえ、その血の一滴に触れただけで死に到る。普通ならば、その肌に触れただけでも死ぬという。

「念操絃者」とは、「オリハルコンの操糸術」を極めた者にのみ与えられる、ミネアの師匠が新しく生み出した称号である。

「オリハルコンの操糸術」とは、精神感応金属オリハルコンの糸——しかもミクロ単位の細さと、キロ単位の長さを併せ持った糸を、自在に操る特殊な技法の特性である。

糸を体内に埋め込み生体と同化させることで、自己修復能力を備え、思いのままに伸縮させたり、分裂させたり、超振動させたり、千切れた一部を遠隔操作できたりする。

思わず身を乗り出し獰猛な笑みを浮かべるスレイ。

その様子に周囲は驚くが、そんなことを一切気にせずスレイは思う。やはり良い、こいつは最高だ。堪らない、心が猛る、と。

一方、ここに集結した圧倒的な実力者達でさえ、ミネアの能力に関して予備知識があったにも拘わらず、畏怖の念を隠せずにいた。

カイト　Lv：85　Age：40

【筋力】A　【体力】B
【魔力】B　【敏捷】S
【器用】SSS　【精神】SSS
【運勢】EX

【称号】不死殺し（アンデッド・キラー）、竜殺し（ドラゴン・バスター）、見習いバーサーカー、フレスベルド商業都市国家・議会・現議長

【特性】狂化×3、思考加速、戦技上昇、炎耐性、水耐性、土耐性、風耐性、毒耐性、光耐性、闇耐性

【祝福】商神ギルス

【職業】聖戦士

【装備】オリハルコンのロングソード、ダマスカスの弓、アダマンタイトのブレストプレート、アダマンタイトの大盾、ミスリル絹の服、ミスリル絹のズボン、牛鬼の革靴

【経験値】8440　次のLvまで60

【預金】0コメル

特に注目すべき面の無いカイトの能力値だったが、それすらも己を侮らせる材料に使おうとしていることを、スレイを含めた一部の者達は見抜いていた。

だが、それはカイト自身百も承知だ。駆け引きの視線が交差する。

そのような応酬自体はどうでも良かったが、スレイは別の点で強いショックを覚え、頭を垂れ、項垂れていた。

カイトは運勢：ＥＸだったのだ。対してスレイはＧである。

迷宮探索に限定とされているが、人には到底解明できない能力値が「運勢」だ。神々が脳裡に刻んだ情報も断片的に過ぎない為、もっと他の意味があってもおかしくは無い。

そもそも、レアアイテムを高確率で入手できるというのは、探索者にとって大きな魅力である。フレスベルド議会の議長という立場からは考えられないことだが、未だにカイトが、ダリウスを引き連れて迷宮探索を行っているのは有名だ。それも全て貴重なアイテムを求めてのことである。

入手したレアアイテムが市場に出回ることはまず無い。いざという時の切り札として温存しておくか、或いは個人的に運営する研究機関に提供し新たな技術の開発に利用するかだ。

しかしそんな事情はどうでも良く、スレイは言い知れぬ敗北感を覚え、ただ打ちひしがれていた。

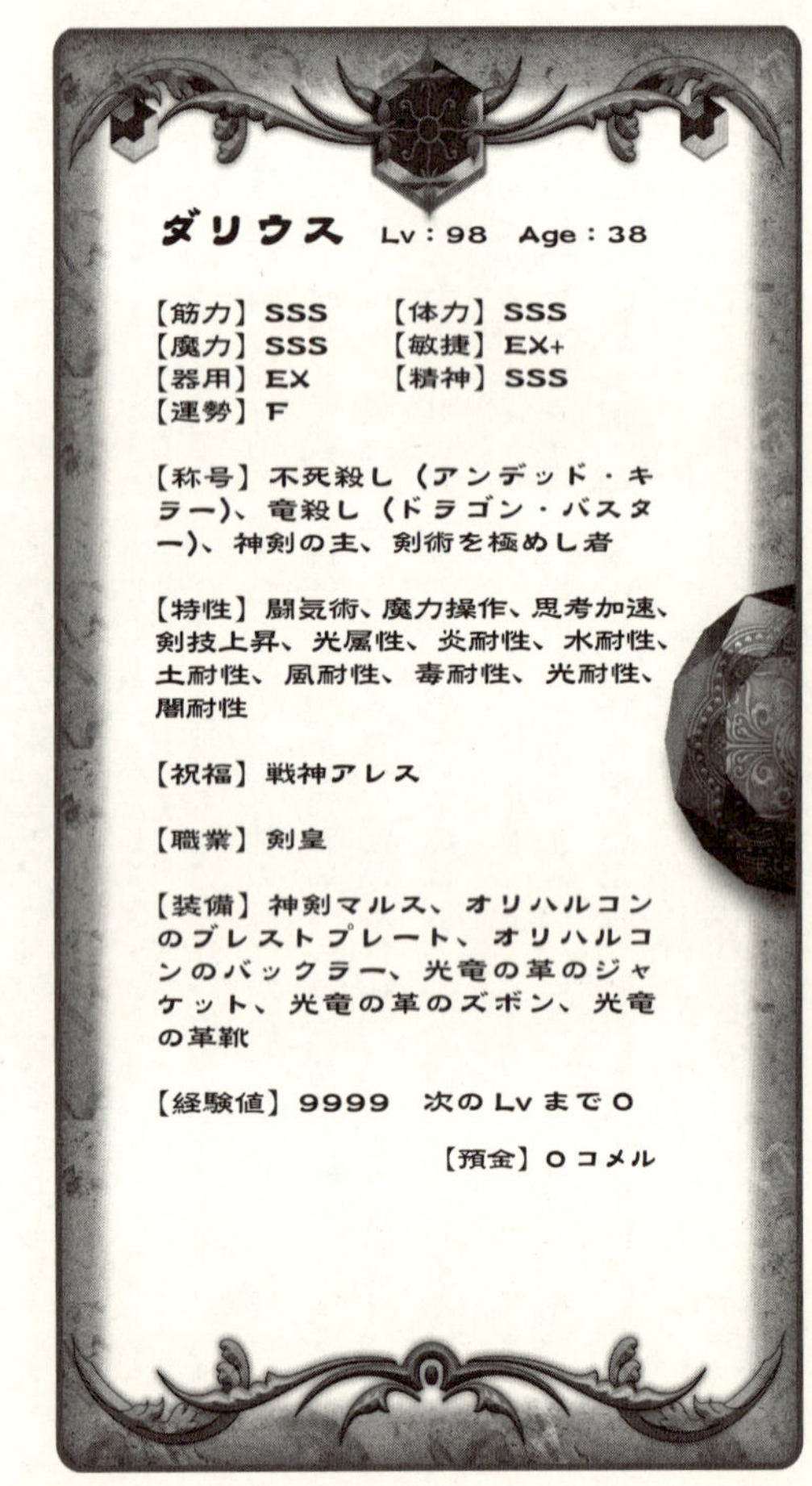
ダリウス　Lv：98　Age：38

【筋力】SSS　【体力】SSS
【魔力】SSS　【敏捷】EX+
【器用】EX　【精神】SSS
【運勢】F

【称号】不死殺し（アンデッド・キラー）、竜殺し（ドラゴン・バスター）、神剣の主、剣術を極めし者

【特性】闘気術、魔力操作、思考加速、剣技上昇、光属性、炎耐性、水耐性、土耐性、風耐性、毒耐性、光耐性、闇耐性

【祝福】戦神アレス

【職業】剣皇

【装備】神剣マルス、オリハルコンのブレストプレート、オリハルコンのバックラー、光竜の革のジャケット、光竜の革のズボン、光竜の革靴

【経験値】9999　次のLvまで0

【預金】0コメル

「神剣の主」とは、使い手を選ぶ神剣に主として認められた証の称号である。この称号を持つ者が居る場合、何者であっても他人はその神剣に触れられないとされている。

「剣術を極めし者」とは、大陸のほぼあらゆる流派の正統派剣術を極めた者に与えられる称号であり、特性の「剣術上昇」に加え、更に重複して剣技に補正がかかる。


　このステータスを目にして、瞬時に心が熱く滾ったスレイは、背筋を伸ばした。

　ダリウスが超一流の剣術の使い手ということは分かってはいたが、まさか「剣術を極めし者」だったとは……何より、能力値が極めて高い。

　さしものクロウとノブツナも唸っているようだ。この二人と同じくダリウスも、ただのSS級相当探索者という枠を超えている。

　同時にスレイは、別の意味でも瞳を輝かせてしまった。

　ダリウスの運勢はF。スレイと同類だったのだ。


　次にノブツナのカードが公開される。

　やはりハイレベルな能力値だが、ノブツナという存在が有名である為、皆に新鮮な驚きは無かった。

　この場面でも「進歩が無い」だの「クソ親父」だの、クロウとノブツナの間で言い争いが勃発し、シズカに諫められていた。これには周囲も呆れる他無い。

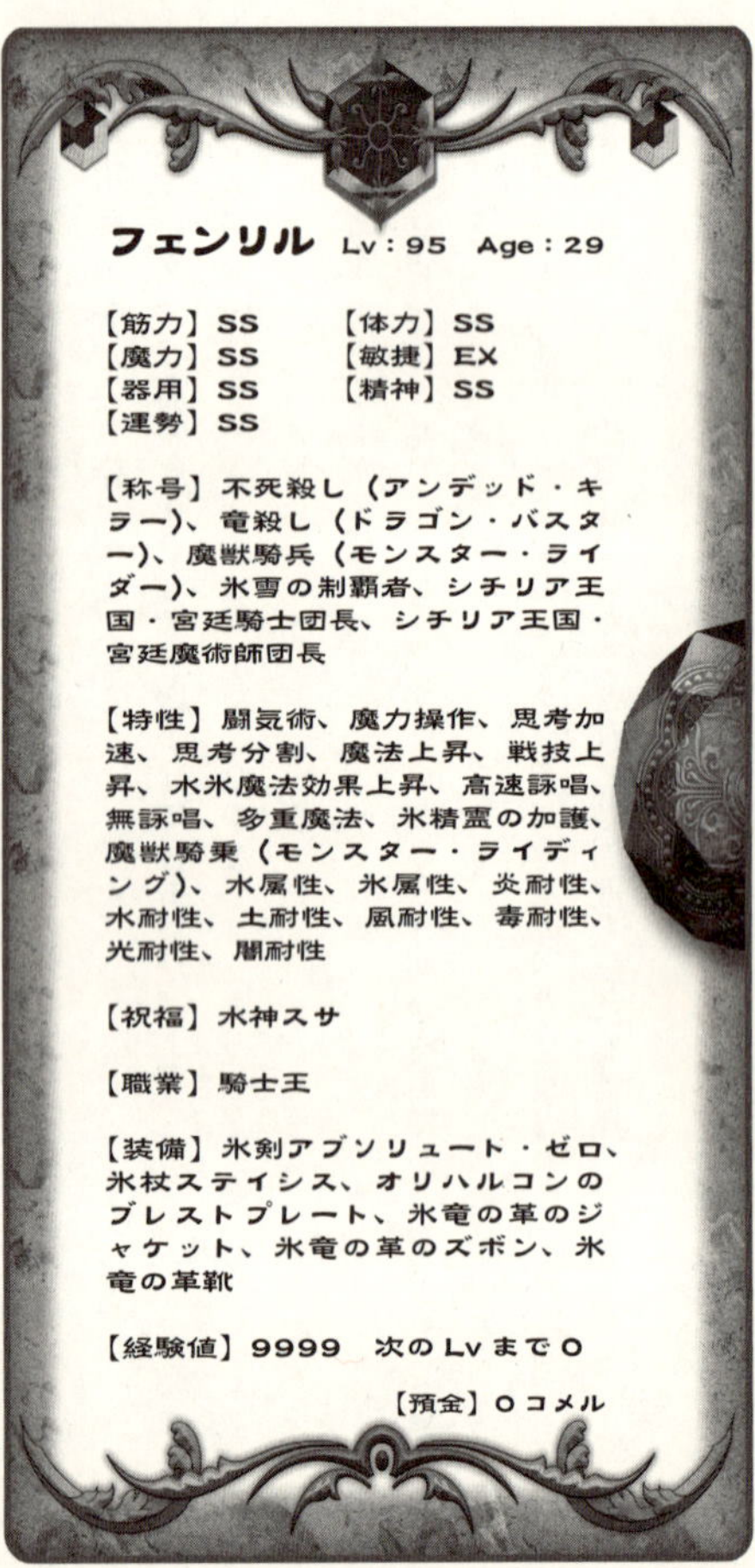

「氷雪の制覇者」とは、極寒地域でも平常に行動できる者に与えられる称号だ。氷原や雪原などでは、その戦闘力に最高レベルの補正がかかる。

「氷精霊の加護」とあるように、「～精霊の加護」とは特定属性の上級精霊の加護を得た者に付く特性であり、その上級精霊を召喚して自らの傍に侍らせ、力を借りることができる。

ほう、とスレイは僅かばかり認識を改める。先程からフェンリルに対して覚えていた違和感は、氷属性の加護の所為だったのか、と。

称号、特性を見るに、水氷——特に氷属性に特化していることは間違い無い。

属性戦になったとき、相性が良ければ強い相手にも勝ち、相性が悪ければ弱い相手にも負けかねないリスキーな能力だな。

面白い。スレイはにやりと笑った。


次にクロスメリア王国の面々がカードを見せていく。

まず、職業：勇者の三人のステータスが公開された。

かつて邪神を封じたという封術への関心は高いが、それ以外は特に目ぼしいものもない。

ここでカイトが博識（はくしき）な所を見せ、「勇者の名を冠（かん）するシークレットウェポンは、封術でも扱える世界の狭間（はざま）の力を、別の事象に利用できる」との知識を披露（ひろう）した。

だが、総じてライバン達への評価は低く、「没個性、器用貧乏」とする意見が大勢だった。悔しげな三人だが、それ以上にスレイは憤（いきどお）って、落胆していた。

職業：勇者とは、本来、生まれた時点では可能性の塊だった筈だ。それがここまで可能性を抹殺されているとは……スレイの憤りは周囲の空気を緊迫させ、暫しステータスの公開が滞る程であった。それに気付いたスレイは、努めて憤りを収めた。


次にアルス以外、称号：勇者四人のステータスが公開される。

まだ未熟なSS級相当探索者達は、自分達と変わらない能力値を見て驚き、究極級のシークレットウェポンの有無こそが自分達と称号：勇者とを分ける唯一の条件では無いかと語り合った。

しかし、本人達は何ら反応しない。いや一々反応する必要が無いのだ。

真の意味での実力者達もまた、その意味が分かっているので、ただ沈黙を守っている。

ただ一人カタリナのステータス公開時には、スレイを含め真の実力者達は固唾を呑んでいた。

未熟であることは否めないがバランスが取れていて、SSS級相当に迫る能力値である。

何よりその才能は規格外の一言に尽きる。これは将来、アルス王以上の化物になると確信させるものがあった。

そして彼女の聖十字斧槍ストライクもまた、究極級のシークレットウェポンの中でも最上位の物だ。カタリナという若い果実が成熟するその時を想像し、思わず唾を呑み込むスレイであった。

次にアルスが自らのステータスを公開した。

かの勇者王でさえこの程度か、と一部の者達は落胆するが、スレイは違う。

アルスは剣と盾を使った戦闘術に於いて超一流の騎士であり、しかも剣、盾、鞘の全てが究極級のシークレットウェポンとしても最上位の絶品だ。

能力値は特化した所も無いように見えるが、それだけ隙が無いということでもある。他の者達のように癖のある強さとは違う、王道を極めた強さだ、とスレイの心は躍った。

バランス型である称号：勇者達は、一見速度特化の相手と相性が悪いように見える。だが、その点は克服済みだと分かる。

そもそもバランスに優れているということは、優秀な魔法の使い手でもある。駆け引きを用いて、相手が加速する前に加速魔法を使えれば、不利な点も覆せる。

その上彼らは、カタリナを除き皆経験が豊富だ。しかも駆け引きなど必要の無い、加速する為の手妻の種まで仕込んでいる。

認識外の危機感知に使われる、探索者の超感覚と関連付けられた手妻——常に自動発動するようにしていては勿体無いだろうし、その辺りも考えてロックする仕組みもあるのだろう。しかし、今は初めからそのロックも解除しているようだ。

とはいえ、狡猾さが鍵になる様々な方法については、称号：勇者達よりもカイトの方が長けているだろう。

更に驚くような仕掛けを、専門の研究施設で作らせているという可能性も充分考えられる。何せカイトは今、あのような小細工も用意しているのだ。

次にクロウとサクヤのステータスが公開される。

二人共別の方向性ではあるが、圧倒的な能力に誰もがひたすら感心していた。

そして、成長著しいケリーの番となる。

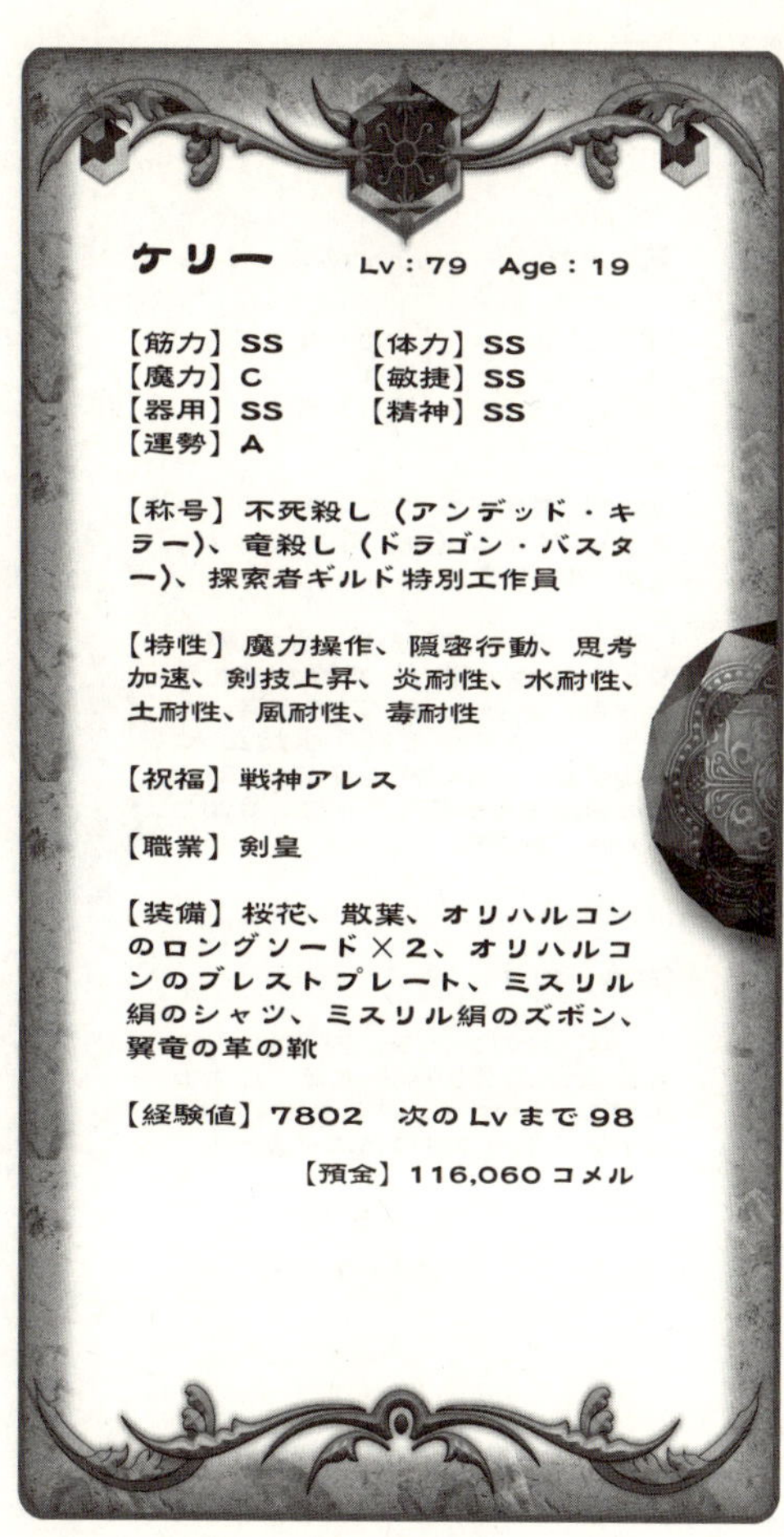

ケリー　Lv：79　Age：19

【筋力】SS　【体力】SS
【魔力】C　【敏捷】SS
【器用】SS　【精神】SS
【運勢】A

【称号】不死殺し（アンデッド・キラー）、竜殺し（ドラゴン・バスター）、探索者ギルド特別工作員

【特性】魔力操作、隠密行動、思考加速、剣技上昇、炎耐性、水耐性、土耐性、風耐性、毒耐性

【祝福】戦神アレス

【職業】剣皇

【装備】桜花、散葉、オリハルコンのロングソード×2、オリハルコンのブレストプレート、ミスリル絹のシャツ、ミスリル絹のズボン、翼竜の革の靴

【経験値】7802　次のLvまで98

【預金】116,060コメル

ケリーはクロウの弟子という先入観がついて回る所為もあり、そのステータスには、物足りないという反応が多かった。しかしケリーがクロウに鍛えられた期間は僅か一ヶ月で、これから結果が目に見えて表れてくるはずだ。

次に公開されたマリーニアのステータスでは、彼女固有の称号「占師」と特性「占術」に注目が集まる。能力値はサクヤの弟子として不足とも感じるが、それだけで評価が引っくり返るのだからな、とスレイは呆れた。

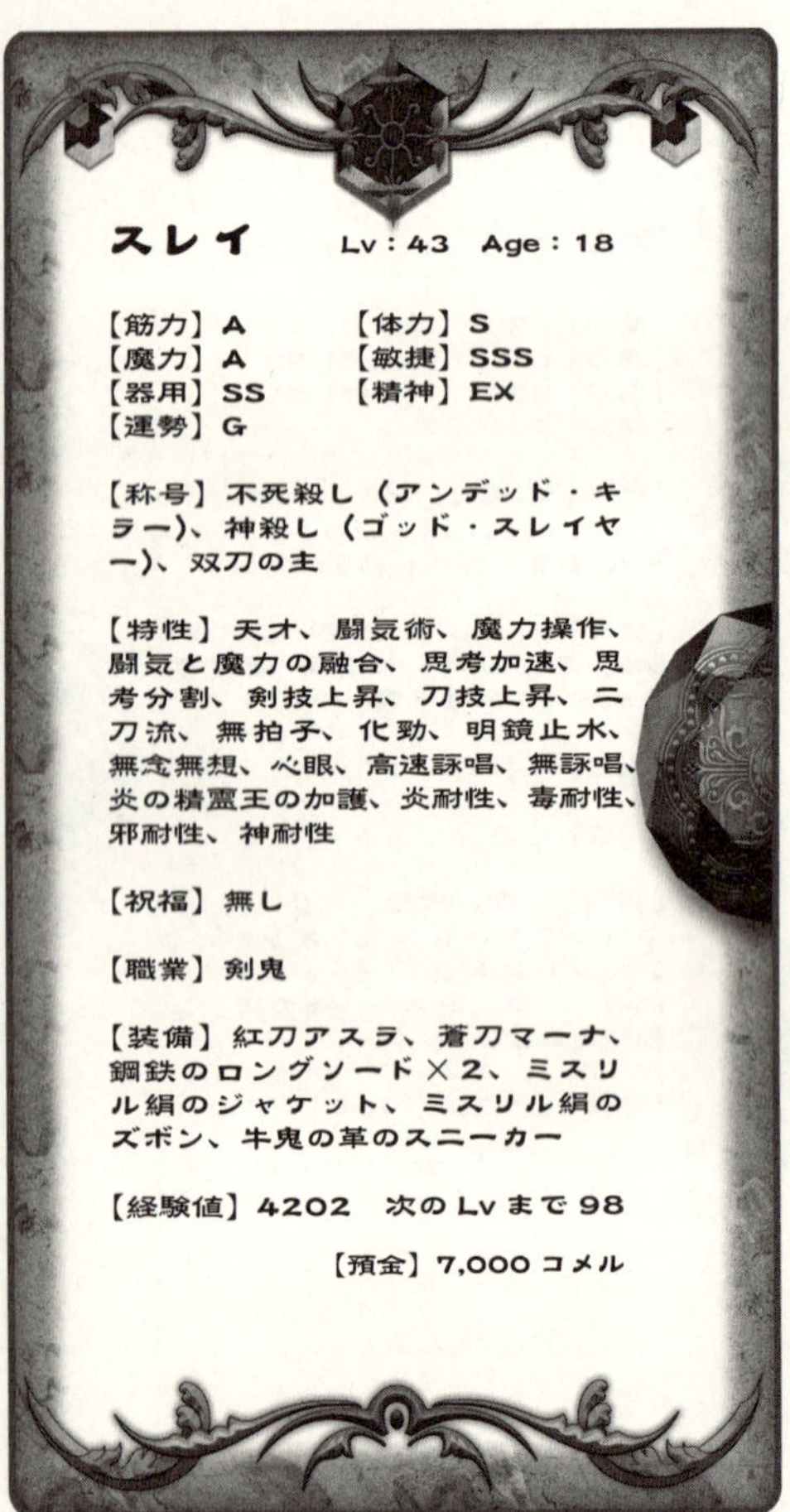

スレイ　Lv：43　Age：18

【筋力】A　【体力】S
【魔力】A　【敏捷】SSS
【器用】SS　【精神】EX
【運勢】G

【称号】不死殺し（アンデッド・キラー）、神殺し（ゴッド・スレイヤー）、双刀の主

【特性】天才、闘気術、魔力操作、闘気と魔力の融合、思考加速、思考分割、剣技上昇、刀技上昇、二刀流、無拍子、化勁、明鏡止水、無念無想、心眼、高速詠唱、無詠唱、炎の精霊王の加護、炎耐性、毒耐性、邪耐性、神耐性

【祝福】無し

【職業】剣鬼

【装備】紅刀アスラ、蒼刀マーナ、鋼鉄のロングソード×2、ミスリル絹のジャケット、ミスリル絹のズボン、牛鬼の革のスニーカー

【経験値】4202　次のLvまで98

【預金】7,000コメル

いよいよスレイのステータスが公開されると、様々な意味で場が沸き立った。

マリアなどは、スレイが持つ「炎の精霊王の加護」の特性に目の色を変えている。

スレイは皆のそんな様子にニヤリと笑い、敢えて挑発的に言い放つ。

「ふん、能力値などに囚われている内は話にならんな。実戦に於いて能力値の高さは確かに重要ではあるが、結局は一要素に過ぎん。そんなものに拘っているから、あんたらは其(そ)のレベル止まりなんだよ」

あまりの物言いに、一部の者達は激発寸前になる。

「実際、これだけ能力値で上回っている儂(わし)が実戦で負けている以上、スレイの言うことは事実と認めるしか無いの」

しかし、クロウが敢えて宥(なだ)めるようにそう述べたことで、憤(いきどお)っていた者達も気勢をそがれる。

折角馬鹿共相手に遊んでやろうと思ったのに余計なことを……とクロウを睨むスレイ。

当のクロウはその視線を受け流し、涼しい顔だ。

「た、確かにスレイ殿がその職業とレベルに比(ひ)して、異常に高いステータスだというのは分かる。しかし、この能力値でクロウ殿に勝つなど無理があるだろう!!　いったいどんなイカサマをした!?」

「ヴァリアス!!　落ち着きなさい！」

強い視線でスレイを睨み問い詰めるヴァリアスと、それを叱責して窘めるイリュア。

「やれやれ青いな。先刻も言っただろう？　能力値の高低で勝敗の全てが決まるなど、その考え自体が未熟なのだと、まだ理解できないか？」

スレイは肩を竦めるだけ。

先程はクロウが場を沈静化してしまったが、ヴァリアスがまた再燃させてくれたのだ。

スレイが「よくやってくれた」とばかりに、口角を吊り上げるのも無理はない。

それを見たクロウは額に手をやり天を仰いだ。

「なっ⁉　確かに私とて、能力値だけで無く相性も勝敗に影響することぐらい分かっている！　だが圧倒的な速度差は埋めようが無かろう‼　クロウ殿と貴殿の速度差、それをどう説明するのだ⁉」

「ヴァリアス‼　いい加減にお止めな――」

「いやイリュア、折角のいい機会だから、この未熟者に俺が教授してやろう」

兄を止めようとしたイリュアを逆に制するスレイ。

その馴れ馴れしい態度にヴァリアスが激怒した。

「貴様‼　聖王猊下の御名を呼び捨てにするとは何事だっ⁉」

「ん？　ああ、すまない。昔から美人とはすぐに親しくなりたくてな、呼び捨てにする性分なんだが、不愉快だったたか？」

「あら？　うふふ」

それを聞き、イリュアは愉快そうに笑った。

「スレイ殿は口がお上手ですね。私、機嫌が良くなりましたので全て許します」

「せ、聖王猊下⁉」

ああ、やはりヴァリアスは相当なシスコンだな。

スレイはそう確信して続ける。

「まあ俺の場合、勝利の秘訣は純粋に特性の賜物だな。『闘気と魔力の融合』――それは即ち純粋なエーテルによる強化だ。熟練度に応じ＋３～５ランクまでの能力値強化を可能とする。だからクロウと同等の速度で、純粋に刀術の技量で勝利した。ただそれだけの話だ。なあ、クロウ？」

「儂としては積極的に肯定したくないが、否定できぬ事実じゃな」

「なっ⁉」

ヴァリアスのみならず全員が驚愕の声を上げる。

あの刀神クロウを相手に技量で勝利した？　そして純エーテルによる強化？

最先端の研究によると、理論上在り得ないとされているソレを特性として持つ男……その内容も異常だ。

誰もが衝撃を受けて黙り込む。

「さて、あんたにはもうちょっと教えておかないとな。何せ称号：勇者達に対するあんたの評価が不当だったのでな」

「何？」

　ヴァリアスは疑問の声を上げる。

「まずだ……能力値の差を引っ繰り返す要素は相性だけじゃない。経験量の差も重要だ。詳しく言うと、経験に裏付けされた駆け引きと、技量だな。だいたいあんたの聖剣技だって、そういう類のものじゃないのか？」

「いかな技とて、そもそも使えなければ意味があるまい‼」

　スレイに向かって叫び声で反論するヴァリアス。

「ふむ、そうか。聖剣技というのはそこまでの反則技ではなかったか」

「あ……」

　ヴァリアスは、光神の神殿騎士筆頭のみに伝えられる秘技の情報を、たとえ僅かとはいえ明かしてしまったことに気付き、青褪(あおざ)める。

「まあ、そもそもだ。称号：勇者というのは探索者の最終形なので、その完成度が求められた。そして、弱みである一点特化した力が無い点を補う為(ため)に用意されたのが、究極級(アルテマ)のシークレットウェポンだ。だから究極級(アルテマ)は全て、勇者専用となっている……まあ、例外もあるがな」

ちらりとノブツナに視線を向けるスレイ。

ノブツナが睨み返してくるが軽く受け流し、ヴァリアスに向き直る。

「だ、だがっ！　いかに究極級(アルテマ)のシークレットウェポンが強力とはいえ、速度を上げるような効果はあるまい！　少なくとも私は知らぬぞ。速度差を覆せなければ、いかに強力な武具とて意味はあるまい‼」

「ふむ、まあ確かに速度を上げる究極級(アルテマ)のシークレットウェポンなんて俺も知らないな。だからといって、速度差を覆す方法が無いというのは早計だと思うが？」

後半は意味ありげにアルスを見ながら言う。

苦々しく笑うアルス。

「けどまあ、神々にはそんなこと関係無かったんだよ。己が戦力たる探索者達全てを、光速の数十倍の速度域まで引き上げられたんだからな」

「え……あ？」

「そう、時間神クロノスの力だ。あいつが居る限り、速度に特化した探索者なんてどうでもいい手駒のようなもので、総合力に優れた探索者の方がよっぽど有用だった訳さ」

スレイの説明に納得させられそうになるも、どうにか反論を搾(しぼ)り出すヴァリアス。

「だが今、この世界に神は顕現(けんげん)しない。しかも探索者個人の戦いに於いては、神々の思惑は関係の無いことだろう⁉」

「まあな。でも、だからこその駆け引きだ。断言する。称号：勇者の連中は確実に加速魔法を習得している。戦士職のジルドレイも闘士職のマグナスもだ。その速度差を埋める為にな」

「え？」

スレイの言葉に操られるように、ジルドレイ達を見やるヴァリアス。

彼らは無表情のまま何も語らない。だが、それが逆に答えとなっていた。

「しかしっ、無詠唱の特性を持つマリア殿を除き、他の面々は皆、加速魔法を発動させるには詠唱が必要な筈。それに対し、加速魔法など無くとも光速の数十倍の速度域に突入できる者達は、刹那に速度域を変えられる。やはり速度差は埋めようが無いだろう‼」

「その考えが青いというんだ。そこで効果的なのが駆け引きだろう？　光速の数十倍の速度域へ移行されると何も対抗できなくなるなら、移行させない、もしくは自らが移行するまで時間稼ぎをする……その為に言葉ってものがある。特にそこの商王のおっさんなんぞ、いかにもそういうなのが得意そう、と言うか、超絶的に卑怯な手が上手そうだ」

「ははは。褒め言葉、有難く受け取っておこう」

本気で照れたように笑って返すカイト。こいつはやっぱり狸だな、とスレイは心中で毒づく。

クロウを含め経験豊富な者達は皆、速度差の話など、既に分かり切っているという表情だった。

尤も、強大な力を持って約二百年の時を生きながら、経験不足の故か、未熟者同然に感心しながら頷いている竜皇や魔王もどうかと思うが……まあ、種族としては若い部類だから仕方ないのか。

気を取り直し、スレイは続ける。

「ついでにだ、駆け引きができない場合はどうするか、という質問に先んじて答えておこう。世の中には加速薬というものがある。迷宮では、光速の数十倍の速度域に突入可能な、超高度の加速薬も手に入れられるだろう？」

「か、加速薬があっても、あれだって飲むのに時間が……」

「馬鹿だな。飲むよりも速効の方法があるじゃないか」

「え？」

理解できずに呆然とするヴァリアス。

ここでスレイは、カイトの表情の微妙な変化にも気付いた。あの渋い顔……あれはやっぱり、この方法が構想段階か研究段階の技術だってところだな。

「加速薬を魔法の膜(まく)などで包んで体内に仕込んでおけばいい。俺達探索者は、認識外のいかな速度であっても、己が身の危険に必ず反応する超感覚がある。この超感覚と魔法の膜を連動させれば、敵が光速の数十倍の速度域に突入すると同時に、自ら意識せずとも加速できる。体内のどこに仕込むかについては気にしなくていい。魔法薬なんだからな。だが大事をとって、腸辺りに仕込むのが良いかな？　ちなみに超高度の加速薬の価値については、称号：勇者の立場を思い出せ」

「クロスメリア王国国王に、その近衛隊……あ」

「そういうことだ、なあ？」

スレイは意味深な視線をアルスに送った。

愕然とするヴァリアス。確かに迷宮都市を抱えるクロスメリアなら、加速薬が手に入り易いのも当然だ。探索者として優れた彼らなら尚のことである。

他の面々も殆どが驚いた顔をしている。

スレイに問いかけられたアルスは、軽く苦笑いをしていた。

カタリナは目を輝かせ、頬を赤らめてスレイを見やる。

ジルドレイはやれやれと頭を掻くばかりだ。

「やれやれ、大した慧眼だな、感心するよ。認めよう、我々にはそのような切り札がある」

「陛下!?」

マリアとマグナスは慌てて声を上げたが、アルスは片手で二人を制しこう続けた。

「いや、この場の面々なら、スレイ殿の話を聞いてほぼ確信するに到っただろう。ならば敢えてここで肯定して、我らの力を知らしめておこうじゃないか。それに事実がどうあれ、スレイ殿の推測を聞いた段階で、他の陣営もその手段の実用化を検討し、研究に入るだろう。或いは、既にそうしている所もあるのかもしれないね？　いずれにせよ、我々はこの場で認めてしまうのが最善だ」

「ふっ」

アルスの言葉を聞き、意味ありげにカイトを見やるスレイ。

アルスも同じくカイトを見据えていた。

カイトは注目を浴びていることに苦笑しつつも、あくまで余裕の表情だ。

その間、ずっと険しい視線で凝視してくるマリアとマグナスを、スレイはどこ吹く風と受け流していた。

「ところでスレイ殿。その紅刀アスラと蒼刀マーナは、以前私がゲッシュ殿に売ったものだね？　見せてもらっても構わないだろうか」

アルスがスレイの双刀に興味を示す。

「止めておいた方がいいぞ」

スレイは制止するが、一瞬遅かった。

刀の柄に触れたアルスの手が、刀に拒まれ弾かれる。

「痛っ！」

思わず顔を歪めるアルス。

「こいつらは主を選ぶ刀だからな。緊急時を除き、主である俺以外は触れられない」

「そういえば、確かにスレイ殿のステータスには『双刀の主』なんて称号もあったね。しかしその双刀は伝説級だったと思ったのだが、そんな機能まで付加されていたとは……」

不本意な評価を受けたアスラとマーナが、まるで怒りに震えているように、スレイには感じられた。

スレイはそんな双刀を軽く叩いて機嫌をとると、両手で柄を握り、僅かに引き抜いて刀身を露わにする。

途端、凄絶なまでに美しく、それでいて禍々しい深紅と深蒼の二色のオーラが、広間を覆い尽くした。

「なっ⁉」

誰もが仰天していたが、特にアルスの驚愕は大きい。

「わ、私が手に入れた時にはこれ程の力は無かった筈⁉」

「こいつらは、主を決めたその時から無限すら超えて成長していく刀でな。紅刀アスラは敵の血を啜り、蒼刀マーナは敵の精神を喰らい、強度や切れ味など刀にとって重要な要素を、際限なく成長させていくのさ。だから、以前と別物になっているのは当然だ」

その魔刀、いや妖刀と形容してもいい類の能力に、アルスは勿論、他の面々も畏怖の視線を向けていた。

スレイは刀を完全に鞘に納め、そして告げる。

「何にせよ、こいつらは俺の頼もしい相棒達さ」

そんな言葉に応えるように、双刀は鞘の中で刀身を震わせた。

最後はスレイが完全に場の空気を支配した形で、探索者カードの公開は終わった。

3

その後、何時の間にかゲッシュから主導権を奪い取っていた勇者王アルスが、一時の休息を宣言した。

参加者はほっと緊張から解かれ、終始剣呑(けんのん)な態度だったヴァリアスからも異論は出なかった。

会議の出席者達は各々、身近な者と談笑して過ごしている。といっても、実は様々な情報を交換し合っているのだが。

しかしスレイは相変わらず一人悠々(ゆうゆう)と寛(くつろ)ぎ、お茶を片手に、未だエリシアに構って貰っていた。

そんな様子に眉を顰める者は多い。

しかしスレイはそもそも、このような会議で真剣に語り合う必要性を感じていなかった。

この場に居る者のうち、誰がどこまで強いのか、実戦で確かめてみたいという欲求がある程度だ。

それにはアルスの言った「手合わせ」の時を待てば良いだろう。

勇者王アルスの選別によって手合わせをするのだから、さぞ見応えのある戦いになるだろう。

観戦のみならず、当然スレイ自身も刀を振るうつもりだ。

その時、スレイに近付いてくる人物がいた。傭兵王グラナルである。

「よう、坊や。はじめまして、だな？」

「……あんたは？」

胡乱げに応じるスレイ。

すぐ傍でスレイ達を見ていたシズカが、怒ったように騒ぐ。

「なっ、仮にも一国の王に対してあの態度は何ですかっ!?」

常識的に言えばその通りなのだが、スレイもグラナルも気にも留めない。グラナルはスレイの態度を面白がってさえいるようだ。

「おう？　つい先刻、紹介があったばかりだと思うんだがな？　まあいい、俺は傭兵国家グラスベルの国王——グラナルってんだ」

「いや、それは当然知っている。俺に何の用だ？　という意味で聞いたんだ」

どうでもよさそうに返すスレイ。

ある者は興味津々に、ある者はハラハラしながら、ある者は憤慨（ふんがい）して二人の会話を見守っている。

しかしグラナルは、この程度のことでは心を乱さなかった。

「いや、何。お前さんに俺と同類の匂いを感じたんでな、つい声を掛けちまった」

「俺があんたと同類だと？　一緒にするな」

「いやいや、隠すなよ。お前さんも俺と同じで、心に野望を抱いてる口だろう？　ちなみに俺は、俺の国をどこまでも強大にして、いずれ世界に〝覇〟を謳（うた）い、この大陸を制覇するつもりだ」

いつの間にか場が静まり、各国首脳の間に緊張が走る。

殊（こと）に英雄ブレイズは、己が天敵を見る目でグラナルを睨み付けた。

だがスレイにしてみれば、そんなことはどうでも良い。

「俺は自分が野心家だという自覚があるし、あんたとは一種の相似形だとは思うが……やはり一緒にして欲しくはないな。俺の野望はあんた程小さくない」

「へぇ、そいつはまた。それじゃあ聞きたいね、お前さんの野望ってのは何だい？」

天下に〝覇〟を唱えることが小さいと言うのなら、スレイの野望とは何なのか、と周囲も耳をそばだてている。

「なに、実にシンプルさ。男なら誰でも抱くような野望だ。誰よりも強くなり、あらゆる美女と美少女を侍らせる。ただ、他人の女に手を出す気はないがな。個として最強になることといい女をモノにすること、俺の望みはその二つだけだ」

「ははははは、おいおい。そんなありふれた願望で、大陸の天下統一を謳うこの俺の野望を小さいだって？」

馬鹿にして笑うグラナル。

周囲の者達も拍子抜けしていた。英雄ブレイズに到っては、どう判断していいのか迷っているような表情である。

だがスレイは、逆にグラナルを見下したように告げた。

「おいおい、何か勘違いしてないか？　俺の言ってる意味が分かっていないようだな。いいか、俺の言う『最強』というのは、あらゆる種族と神々、更には邪神――〝真の神〟、そして世界全て、いや、この世界だけじゃなく無限を超えたあらゆる世界、その無限を超えた世界の外の果て無き果てに到るまでの全ての存在に加え、法則、理、概念、宿命、運命、常識……そうした全てを超える強さだ。もし必要ならば、それら全てを俺一人でぶち壊し、己が道を貫き通す、そういう最強だ。女についても、他人の女以外なら、無限を超えたあらゆる世界とその外の果て無き果てに到るまで、俺の美的感覚に適う美女・美少女ならあらゆる存在を俺のモノにする――そういう意味だ。分かるか？　俺単騎で世界そのものを超えた圧倒的な戦力と成り、およそ想像も付かない無数の美女・美少女を俺個人に侍らせるって言っているんだ。この野望に比べて、たかが一世界の一大陸の天下統一なんて、比較にならん程小さいだろう？　全てを敵に回しても、ただ一人この俺が勝利する。あんたみたいに、たかが一国の長に過ぎない者に敬意を払う理由は無い」

唖然とする周囲。

一方のグラナルは嘲笑した。

「おいおい、どんだけ夢見がちな坊やなんだ？　もしも本気で言ってるとしたら、頭がおかしいとしか思えないな。確かに、俺と同類というのは勘違いだった。お前さんはただの馬鹿――しかも救いようのない大馬鹿だ。構う価値すらなかったか」

言い捨てて立ち去ろうとするグラナルを、スレイが呼び止める。

「待て」

獰猛に光る瞳。いや瞳と呼ぶのは果たして適当だろうか？

スレイが今、〝何〟を〝視〟ているのか判然としない。

視点が違う、観点が違う、感性が違う、論理が違う、何もかもが違う――スレイの〝ソレ〟がグラナルを捉える。

グラナルはその場に凍り付いて動けなくなった。

恐怖心はとっくに麻痺しているはずなのに、それでも尚、ただ固まっているしかないグラナル。

「なんだったら今この場で、〝結果〟で以って、俺の野望の実現性を証明してやろうか？」

スレイは脱力し、だらけた姿勢で話しているが、その言葉には圧倒的な重圧感がある。

グラナルと同じく周囲の実力者達も、恐怖の感情が麻痺しているにも拘わらず、身動きがとれない異常な状態にあった。

レベル80を超えた一流の探索者は、自分よりも遥かに強い者を前にすると自然と恐怖心が麻痺し、戦闘態勢にシフトする身体になっている。神々がそのように創ったからだ。

したがって、彼らを縛り付けているものは恐怖では無い。それ以外の〝何か〟だ。

スレイはふっとグラナルの武具に目を向ける。

覇王の名を冠するシークレットウェポン――それがグラナルではなくスレイに反応し輝いていた。その事実に気付き驚愕するグラナルと一同。

仮にも一度所有者を選んだシークレットウェポンが宗旨(しゅうし)替えするなど、聞いたこともない。あまりにも非常識過ぎる。

だがスレイは興味無さげに、シークレットウェポンに向けてこう告げた。

「引け。俺はたかが〝覇〟などに興味は無い。分相応な主に仕え続けるんだな」

その静かな口調に気圧されたように、シークレットウェポンは輝きを収めた。

静寂が戻る。

スレイは再びエリシアに向き直った。グラナルのことなどもう眼中に無い。

グラナルは、スレイの視線に凍り付いてしまった自分に、怒りと悔しさを覚える。しかしその中で冷静に状況を判断し、舌打ちだけを残し、身を翻して立ち去った。

これで、誰もがようやく理解した。

スレイという男は既存の価値観や常識では測れない、常軌を逸した存在だということを。

そんな一幕があった後、アルスが会議の再開を告げた。

「ふむ、それではそろそろ手合わせを始めようか。既に私の方で対戦の人選は済ませてある。異論はないかな？」

流石〝勇者王〟。最早完全に場を仕切っている。

異議を唱える者などいない……と思いきや、ノブツナが噛みついた。

「あ、ずりぃぞアルス！　またいいとこ取りするつもりだな‼　俺にも戦う相手を選ばせやがれ！」

「ふむ。そうは言うが、君には因縁の相手がいるだろう？」

クロウを指し示すアルス。

「まぁ、そりゃあそうなんだが……」

ノブツナとアルス——強さに於いて並び称される二人だが、どうやら弁舌の巧みさでは相当な差があった。

ノブツナは未練を残しつつも、アルスの言葉の正当性を認め、渋々と引き下がる。

こうして誰もが予想していた通り、手合わせの一つはノブツナとクロウで確定したようだった。

そこで、スレイがカイトに声を掛ける。

「小細工が披露できなくて残念だな？」

「うぉっ⁉　君は……」

何時の間にスレイが背後に近付いてきたのか。カイトはその気配を全く感じ取れず驚愕した。

警戒しつつも、好奇心旺盛な視線を向けるカイト。

「何か私に用かい？」

あくまで明るい声のカイトに、スレイは肩を竦めてみせる。

「いや、ちょっと嫌味を言いに来ただけさ。折角用意してきた、その見えない矢を披露する機会がどうやら無さそうで残念だな、とな」

「はは、小細工とは酷いな。これでもウチの研究機関が開発した、最先端技術の結晶なんだがね？　オリハルコン製の矢に光輝魔法による光学迷彩を施し、多種多様の技術を用いて、闘気と魔力を透過する加工もしている。その上、狂気、聖気、竜気、龍気、更には精霊の力や闇の力、妖気まで透過が可能なんだ。オリハルコンに私の精神波パターンを登録してあるから、いかなる状況下でも私だけは常にこの矢を認識できる。どうだ、すごいだろう？　これ一本で国の一つくらい軽く買えるね」

　スレイは怪訝な目を向けた。

「随分とまた、事細かに説明するな？」

「はは。何、どうせ近々公開する予定の商品だ。何より、私の商人としての勘が『君とは友好的な関係を築くべきだ』と言ってる。それに君は、こういう小細工も有効な手段として認めてくれそうだ」

「まあ確かにな。創意工夫というのは、人間の無限を超えた可能性を開拓する一翼だ。探究心は人をより高位の階梯へと押し上げる。まあ、常に自滅の危険性も孕んでいるが」

　カイトの「商人の勘」とやらに、感心を通り越し半ば呆れつつも、肯定してみせるスレイ。

「しかし何故、この矢の披露の機会が無いと？　売り込みの場としては上々だと思ってたんだが」

「あのアルスが、戦闘者として面白味の無いあんたを、今回の手合わせに選ぶと思うか？

ま、残念だったな。その見えない矢の開発費はそれこそ国一つ買えるどころの額じゃないんだろう？　その分色々な新技術を生み出していそうだから、利益は投資を軽く上回るだろうが……それでも費用回収は多少遅れる訳だ」

「ははっ、確かにアルス陛下のお眼鏡に私は適いそうに無いね。だがまあ問題無い。今回は駄目でも、機会はすぐに作ってみせるさ」

軽く笑うカイト。

この男なら本当にやるだろうな、と考えつつ、スレイはその場を離れていく。

カイトはふと周囲を見回した。そこで、思わず背筋が凍る感覚を覚えた。

今ここで交わされた会話に気付いた者が誰も居なかったのだ。カイトには、それがスレイの仕業だと理解できた。

……あいつは決して敵に回してはならない存在だ、とカイトは心に刻んだ。

「さてそれでは、場所を練兵場に移そうと思うのだが」

「あ～、ちょっと待って、待って！」

「貴殿は……フルール殿？」

フルールがスレイの元から飛び立ち、アルスの眼前にやってきた。

「確かに城の練兵場だったらここより広くて造りも丈夫なんだろうけど……でもさ、ここに居る人達が全力で戦うにはまだ狭いと思わない？　光速を超えた段階に到ってしまえば世界が隔離してくれるけど、その壁すら越えて世界に被害を及ぼす力の持ち主だっている。現にスレイとクロウの戦いの後は、闘技場の被害が凄かったもん」

「……それは本当かね？　ゲッシュ殿」

「え、ええ」

あの時の苦労を思い出したのか、遠い目をしながら肯定するゲッシュ。

「ふむ。しかし私としては、現状用意できる場は練兵場ぐらいしかないのだが……フルール殿には他に心当たりがあるのかね？」

「うん、勿論。それじゃあディザスター」

『なんだ？　いくら同じ立場になったとはいえ、主でもない者が我を気安く呼ぶな』

不機嫌そうなディザスターを無視して、フルールはスレイに尋ねる。

「スレイ、ちょっとディザスターの力を貸してもらってもいいかな？」

「ああ……構わないが、ちょっと待ってもらえるか？　最後に挨拶だけしておきたい」

スレイはエリシアの元に歩み寄り、困惑する彼女を周囲の者達から離れた場所に連れ出した上で、優しく語りかけた。

「エリシア、あんたの淹れたお茶は実に美味しかった。そして何より、あんたの仕事ぶりには感心させられた。もしまたここに来る機会があったら、是非あんたのお茶をもう一度飲みたいと思っている」

「は、はい！　ありがとうございます！　雇われの身に過ぎない私などが本来言えた台詞ではありませんが、またのご来訪、心よりお待ちしております！」

エリシアが顔を明るくして嬉しそうに答えた。

もう完全に堕ちている。そう、ここまでの努力は、全てこの瞬間を演出する為のものだ。

内心勝利を宣言しながら元の場所へ戻るスレイ。それをエリシアが名残惜しそうに見送る。

するとと探索者ギルドの代表として来ている女性陣——真紀、出雲、セリカ、マリーニアが、呆れた顔でスレイに近付いてきた。

「ん、なんだ？」

「別に……あんたの野望とやらは前に聞いたけど、まさかこんな場で、しかも城の侍女まで口説くなんてね」

真紀がそう言うと、出雲、セリカ、マリーニアが順に突っ込む。

「うん、今回のスレイには流石に驚いた」

「本当に……どんだけ女の扱いに手慣れてるのよ！」

「こうやって犠牲者を増やしていくんですね。貴方の手口は良く分かりました」

スレイはやれやれと溜息を吐いた。

「まあ正論だが……責められる筋合いは無いぞ？」

特にマリーニアに関しては、「まだ関係無いだろうに」と考える。

そんなスレイの言い草に、三人は諦め顔でゲッシュ達の元へ戻っていった。野望を了承してスレイの女になった以上、納得するしかない。

ただ一人マリーニアだけは、依然として険しい視線を向けてきていたが。

尤もスレイとしては、この場でエリシアを口説いたことは至極当然と考えている。今回の場合は畏まる必要など何も無いからだ。

ここには、この世界に於ける最高級の権力者と実力者が集まっている。

だがスレイは、その全員を敵に回しても負ける気はしない。世界の全てが敵になっても、スレイは魔法で自給自足することが可能だ。

だからスレイには枷が無い。社会の枠に収まる必要も無い。

しかし、とスレイは呟いた。

「この圧倒的な知識――自分の物で無くとも経験まで伴っているのだから、女を堕とすのにも相当使えるな。口説く相手の性格や嗜好など、何から何まで推測し、最適なタイミングに最適な口説き文句を選べる。後はこの知識を利用して、シチュエーションまで演出すれば更に効率は上がるな」

『主よ……なんと言うか、能力を絶賛無駄遣い中だな』

何時の間にかスレイの足元にやって来たディザスターが、呆れたように呟いた。

「何を言う。俺の野望は何度も聞かせただろう？　女を堕とす為(ため)に能力の全てを駆使するのは、寧ろ俺の本道だ」

「まあ、確かにそうなんだろうけど～」

定位置に戻ってきたフルールも同じく呆れ顔だ。

「ただ、勘違いするなよ？　俺は女性を堕とすことが簡単だなんて思っていない。逆だ。女の方が男よりもよっぽど狡賢(ずるがしこ)く、男は単純で馬鹿だ。当然、俺も含めてな」

『いや、主よ。それではさっき言っていることが違うのでは……』

「いいや、違わないな。頭の良い男ってのは大概(たいがい)馬鹿さ。そういう奴で世の中は溢れているが、その筆頭が俺だ」

『……』

「……」

黙り込む二匹。

「黙るなよ。これ程分かり易い理屈も無いだろう？　外見などを重要視する男は馬鹿だ。そして、他人の女は別として、この世の美女・美少女を全て俺のモノにするなんて言ってる俺は、そんな馬鹿の極みじゃないか」

『主……』

「スレイ……」

自身の馬鹿さ加減を楽しそうに熱弁するスレイを、微妙な顔で見つめるフルール達。

「逆に、女は本能レベルで狡猾だぞ？　かなりの割合の女が、ちゃんと優秀な、つまり使える男を無意識に選んでいる。女を堕とすだの何だのと言ってるが、結局俺は、俺の有用性を、つまり能力を効率的にアピールしてるだけだ。俺が居ればいかなる危険からも護ってやれるし、色々便利だし、望むことも大抵叶えてやれますよ、ってな。ミューズの魂の波動の効果も多少はあるが、それもただ、少しアピールの効率を上げているだけ。結局、俺という男が、誰よりも強く、優秀で、使えるから、女は俺に恋愛感情を抱いてくれる訳さ。一目惚れする連中なんて、それだけ直観に優れているんだろうな。尤も女自身は、自分の内にあるそんな計算を自覚していない。実際それこそが生物本来の恋愛感情の在り方なんだから、俺としても全然問題無い。ちゃんと俺に恋愛感情を持ってくれて、俺が独占できるようになる訳だしな」

最早恋愛観すら世間とは隔絶した主を、頼もしく思うべきか、悲しむべきか、判断に迷う二匹。

「あー、そこのお三方、そろそろ良いかな？　いい加減本題に入りたいのだが」

待たされ続けたアルスが痺れを切らしたのか、近寄ってきてそう促した。

「おっと、ごめんごめん。それじゃあディザスター、いいかな？」

ディザスターはスレイの許可が下り、素直に協力する気になったのか、フルールに軽く尋ね返す。

『ああ。それで、力を貸すとは何をすればいいのだ？』

「いや、ちょっと君の記憶を借りるだけさ」

そう言ってフルールはディザスターの頭の上に乗った。

「それじゃあ、行くよ」

途端、世界が歪んだ。

そして現れる広大な無の空間。闇に包まれていながら、全てが見通せる矛盾した景色。ただ地面のみが果て無く続いている。

強制的に移動させられた一同は、スレイを除き全員がただ困惑し、ざわめいていた。

「こ、ここは？」

「世界の墓場さ」

アルスの質問にフルールが答え、更にアルスが質問を重ねる。

「世界の墓場？」

フルールを乗せたディザスターはどこかご機嫌斜(なな)めだ。

「そう。ディザスターが創造し、破壊し、再生して、また破壊する――そんなことを繰り返した、数え切れない程の世界の成れの果て。そこに全員を移動させたんだ。ちなみにこの広大な地面や君達が呼吸している空気は、元々は世界を構成していた要素を使って、僕が即興（そっきょう）で創り出したものさ」

話の壮大さに、アルスは理解が追いつかなかった。彼としては、大陸の何処かに転移するぐらいに思っていたのだから当然だろう。

スレイを除けば、他の面々も同じ状態であった。

「しっかしディザスター、君の世界の壊し方って随分適当だねぇ。ほら、ごらんよ。超巨星が一個残っていて、間の悪いことに、こっちに凄いスピードで向かってきてるじゃないか？」

「ふむ、フルールくん。アレは危険なものなのかね？」

ドラグゼスが問う。

「あのままこっちに来てぶつかれば、ほとんど全員がお陀仏（だぶつ）だね。そうだ。何なら竜の姿になって、ブレスで攻撃してみたら？　本気の本気でブレスを吐ける機会なんて、滅多に無いでしょ？」

フルールは挑戦的にドラグゼスを嗾（けしか）けてみた。

ちなみに超巨星との距離はまだかなりある。光でさえ届くのに数十秒はかかりそうだ。

しかし、この場に集う者の殆どは、今現在の、全く時差の無い超巨星の姿を正確に捉えていた。

　当然だ。探索者として肉体改造した者や戦闘種族と呼ばれる者達は、五感のシステムが通常の人間とは根本的に違う。

　光のように「とろい」ものなど、認識の媒介として使用しないのだ。尤も、実際に自身が光速を超えられる者は限られているが。

「ふむ、そうだね。やってみるとしようか」

　ドラグゼスはフルールの挑発に乗り、瞬く間に竜の姿に変身していく。

　やがて、体長三百メートルにもなる漆黒の巨竜が現れた。

「少しお待ちいただけますか、皆さん」

　そこで突然、アロウンが待ったをかけた。

「……私は構わないが」

　ドラグゼスがその巨体で頷いた。他の者達の視線もアロウンに集まる。

「それでは、失礼」

　言うと同時に、アロウンは時の魔杖を頭上に掲げ、杖に秘められた力を解放する。

　周囲一体が光に包まれた。

「これは？」

　ドラグゼスの問いにアロウンが答える。

「皆さんの意識を、あらゆる時と肉体の束縛から解放しました。これから行われる竜皇陛下の挑戦も、そして実力者達の戦いも、とてもではないですが、私には追い切れない速度域での戦いが多くなることでしょう。この場には私と同じような状況の方や、戦闘が不得手な方もいらっしゃいます。ですがこれで、全員が戦いの始終を観ることが可能となりま──!?」

そこでアロウンの言葉が詰まり、視線がある一点に注がれた。

自然と、周囲の者もアロウンの視線の先を追う。

アロウンが凝視していたのは、スレイと二匹のペットだった。

彼らの周囲だけ、明らかに雰囲気が異なっている。

「あなたはっ!?」

「ああ、正直必要無いと思ったので、勝手だが無効化(キャンセル)させてもらったぞ。こいつらも同じのようだ」

淡々と告げるスレイに、アロウンはただ絶句していた。

シークレットウェポンの能力を、防御するのではなく、こうまで自然に無効化できるなど尋常ではない。

アロウンの驚いた様子を見てやっと事態を理解した者達が、訝(いぶか)しむ眼差しをスレイに向ける。対して、スレイは楽しげに口角をニィッと吊り上げた。

「しかしこれでは、実際に戦う者達の戦術にも影響が出ないか?」

「……い、いえ、あくまで意識のみですので、実戦で活用することは不可能でしょう」

それも使い方次第なんだが……まだまだだな、と思いつつも、「まあ今回は心配ないか」と心中で呟くスレイ。

そんな中、アルスがマリアに命じる。

「ふむ、マリア。折角のアロウン殿の好意だ。加速薬を無駄に消耗してしまっては勿体無い。仕掛けにロックを掛けて、手合わせする者だけが戦いの時に使用できるようにしてくれ」

「はい、分かりました」

マリアは軽く答えると、称号：勇者の面々に一瞬だけ杖を向けた。その後、「終わりました」とアルスに報告する。

その流れから察するに、彼らに施された仕掛けの操作は、自分の魔法でもできるが、無詠唱の特性を持つマリアにやらせるのが最適ということか。

そして、皆がドラグゼスに視線を向ける。

ドラグゼスは舞台が整ったと判断し、超巨星に向き直ると、光速の数倍の速度域へ突入した。

他の全員も、時の魔杖の力で、その速度域を知覚できる思考速度に加速している。

それに関係無く、自らの力でその速度域にまで加速していたスレイは、ドラグゼスを見て「やはりこんなものか」と肩を落としていた。

ドラグゼスの加速に落胆したのだ。これが限界なのだとスレイには分かってしまった。

ポテンシャルはある――しかも圧倒的なものが。だが、如何せんドラグゼスは竜人族としては若すぎた。

そのことをまた残念に思うスレイ。

加速した巨竜、ドラグゼスが大きく顎を開く。

確かに見た目だけなら大した迫力だ。

スレイからすれば虚仮脅しのようにしか感じられなかったが、実際、周囲の者達の多くが息を呑んでいる。

ドラグゼスの喉の奥から光が溢れ出す。

と、次の瞬間。

辺り一帯を震わせるプレッシャーと共に、特殊な光のブレスが放たれた。

暫しの時間をおき、超巨星へとブレスが着弾する。

すると、ほんの僅か、欠片程の欠落が星に生じていた。

力が通用せず、漆黒の竜は大きく顎を開いたまま硬直する。

呆然とする一同。

そこでフルールが呑気に明るい声を上げた。

「おー、大したものだね！　あれなら大陸の一つくらいは軽く吹き飛ばせるんじゃないかな？」

「ふむ、面白そうだな。俺も挑戦してみるか」

何時の間にかその場に座り込み、魔法の袋に詰め込んでおいた茶菓子を摘みながら見物していたスレイが、ふと立ち上がって前に進み出た。

大した見物ではないと、ドラグゼスの挑戦にあっさり見切りを付け、だらけていたのだ。

皆の前に立つと、闘気と魔力を速やかに融合して純エーテル強化を果たす。更に、鞘に納まった双刀に純粋なエーテルを限界以上に注ぎ込む。

純エーテル強化により一気に光速の数十倍の速度域へと到達したスレイは、刀の柄にそっと手を添えた。

「〝今〟のスレイじゃあ、まだあれを破壊するのは無理だと思うよ？」

「さて、どうかな？　世界の墓場とやらに来てから、やたらと調子が良くてな。それにちょっと試したいこともある」

フルールにそう答えて、スレイは意識を集中させる。

「試したいこと」とは、無駄を極めた先に、威力の極みはあるのかという疑問への挑戦だ。

今まで自分が追求してきた戦闘スタイルは、徹底的に無駄を削ぎ落とし疾さを重視するものだ。

そんな〝最速最適最善の動作〟の極致とは真逆の、敢えて無駄な、不必要なまでに大きな動作で、威力のみを求めた〝一撃必殺の極み〟を試してみようというのである。

超巨星を的にして試せるのだから、ちょうど良い機会だろう。

まずは右腰のマーナの柄に添えた左手に意識を集中させる。

身体中の筋繊維を一本一本徹底的に絞り、全ての関節を稼動域の限界までしならせる。

体内の純エーテルも、一気に発動させる瞬間に備え、必要部分の強化を最大まで高める。

体外に於ける純エーテルの法則操作もまた、威力を高める動作の補助を最大化する。

既に何度も実感していることだが、筋繊維の本数も、強度も、関節の数も、稼動域も、探索者となった時点で、ただの人間などとは桁が異なっている。

そこに限界極限まで溜め込まれた力は、あまりにも強大だ。

以前、二刀同時の抜刀術などをやったこともあるが、結局のところ、あれは肉体構造的にも、その他あらゆる力の性質的にも、極大の威力を求めるには向かない。疾さと威力を両立させる為の一撃に過ぎなかった。

だが今回の抜刀術は違う。

極大の威力を求める為に、まずは引き絞って徹底的に威力を高めた一刀目の斬撃を放ち、その動作により、逆方向に引き絞られ溜められた力を利用して、更に高威力となる二刀目を放つ。

それによって、爆発的な威力を持つ〝一撃必殺〟の斬撃を実現してみようというのだ。

高められた力がピークに到達した瞬間――。

まず徹底的に絞り込まれた力がバネの如く弾け、解放された力が螺旋状に渦巻いて、スレイの身体中を伝動、終点に到るまでの間に徹底的に増幅されていく。

左手で引き抜かれたマーナが、超絶の速度で蒼い斬撃波を放つ。

その回転の勢いのままに、スレイの身体は先程以上の力で左側に捻り込まれ引き絞られ、圧倒的な力を溜め込んだ状態となる。

刹那、スレイは左腰のアスラの柄を右手で握る。身体中を軋ませながらも、絞り込まれた力が逆方向に、螺旋状に伝動し、先程以上に増幅される。

右手で引き抜かれたアスラは、マーナを超える速度と威力で紅い斬撃波を放つ。

紅い斬撃波は、驚異的な速度で以って蒼い斬撃波に追いつき、蒼と紅の波がクロスし、融合する。

合体したことで紫色の×字型となった凄まじい力を秘めた一撃が、超絶的な速度のまま、その大きさを増しつつ超巨星に迫る。

そして接触したと思った瞬間、星を×字型に斬り裂き、四つの塊に分断していた。

「ふむ、こんなものか」

どこか納得がいかないような、それでいて分かり切っていたというような、矛盾した面持ちのスレイ。無造作に納刀し、自然体に立ち戻る。

ただただ唖然とする周囲の者達。だが、まだ終わってはいなかった。

スレイの放った斬撃波は超巨星を四分割した後、更に威力が上昇していく。やがて、放ったスレイですら捉えきれなくなりそうな速度域へと加速し、拡大を続け、そして更なる段階へと到らんとした……刹那、消失した。

後に残ったのは、虚空に突如として現れ、時空間も次元も位相も何もかも斬り裂いた先の、あまりにも巨大な×字型の裂け目だった。その先には、ただ虚無が覗くのみ。

ふとそこから、得体の知れないプレッシャーが全員を襲う。

フルールが咄嗟に時空の力を用いて防御結界を張る。

あらゆる脅威から完全に遮断された空間になったにも拘わらず、スレイ、ディザスター、フルールの三者以外は、気が狂いそうな程の畏怖と驚愕に苛まれていた。

恐怖心を麻痺させるはずの探索者や戦闘種族であっても、全く以って抵抗できない。フルールの防御結界が無かったら、どうなっていたことか。

ディザスターがスレイに声を掛けた。

『ふむ、主。すまないが、そこをどいてくれないか？』

「ん？　ああ」

身体を横に移動させるスレイ。

ディザスターは地に伏せたまま、軽く片目を開き、虚空を睨んだ。

ただそれだけで、四つに分断された超巨星の残骸は刹那に消滅し、虚空にあった裂け目も消失した。

時の束縛を超え、視覚とは違う領域でその様子を知覚していた者達は、何が起きたのか理解できず、驚愕するのみだ。

『主よ、主は未だ自らの成長速度を把握し切れていないようだ。なるべくなら、己の限界に挑むような無茶は止めて欲しい。アレらが特に強いとは思わんが、面倒臭い相手なのでな。それに、もしこの場にいるのが我と主とそこの小竜だけならば、どうとでもなっただろうが……他の者達まで完全に庇えたかどうかは怪しいところだ』

あの気配の持ち主達が強いとは思わない、というディザスターの言に、多少萎えたスレイ。

「ふむ、そうか。まあ確かに、こんな大道芸じみたただのお遊びに、そんな余計な手間暇をかけるのも馬鹿らしいな」

だがそれは、あくまで〝今〟の自分より遥かに強いディザスター基準なのだと思い直し、再び興味が湧く。言葉とは裏腹に未練を残しながらも、スレイはディザスターの言うことに納得し、頷いた。

フルールが張った結界により、時空間的に完全に遮断された為、得体の知れないプレッシャーの侵入を防ぐことはできた。それなのに、一同は未だ抑えきれない恐怖に身を震わせている。

もしプレッシャーを直接浴びていたならば、深い狂気に囚われて身も心も壊れていたはずだ。

自らの戦闘欲に、関係のない人間まで巻き込む訳にはいかない——スレイはそう考えた。同時に、自分は恐怖など全く感じて居ないことに気付き、人として壊れているのだと強く自覚する。

それと同時に、〝一撃必殺の境地〟など己の求めているものとは違う。理想とする戦闘スタイルには程遠い、と分かった。

結局、無駄は無駄に過ぎないということだ。

威力など求めず、溜めなども必要とせず、構えも無く、全ての攻撃が最速にして最適にして最善、かつその威力は〝一撃必殺の境地〟に等しい極大の威力を発揮する——それくらいでなければ、自らの戦闘技術とする意味が無い。その確信を得た。

目指すべきは、より練られた技量の境地か——いや違う。力の高みか——これも違う。理(ことわり)を超えてそれを為すのだから、自らの存在そのものの進化だ。

それが分かったという点だけでも、今回の試みは無意味では無かったのだろう。得るものはあった。

こうしてこの一幕は、スレイ、ディザスター、フルールの力が示されただけで終わった。

それから暫しの間、皆は余韻から抜け出せずにいた。

何時まで経っても、手合わせは開始されない。

スレイは地にあぐらを掻いて、またもペット達と菓子を食べ始める。王城の広間にあった分を全て持ってきたのだが、いくら食べても飽きないくらい、実に上等な代物だった。

そんな中、スレイは少しばかり不穏な光景に目を留めた。

皆が呆然としているのをいいことに、クロスメリア王国のヤンがエリナに言い寄っていたのだ。

すげなくあしらわれてもしつこく迫り、イリナによって力尽くで追い払われるという寸劇が繰り広げられていた。

正体不明の気配を感じた直後にも拘わらず、色恋にうつつを抜かせるとは……ある意味大したタマだが、もっと別の方面にその情熱を使えと、スレイは呆れた。

ヤンはお飾りとはいえ、職業：勇者にしてクロスメリアの一代大公である。

エリナとアッシュの関係が知られれば、竜皇の娘たるエリナは大丈夫だろうが、アッシュに厄介事が降りかかる可能性がある。

エリナが何かした訳では無いのだが、それでも面倒の種を蒔いてくれたことに溜息を吐いた。同時に、〝友人〟であるアッシュの為に一肌脱ぐのも悪くないか、と少し心が浮き立つ。

友人が少ないが故に、そんなことを考えるスレイだった。

やがて、焦れたフルールがパタパタとアルスに飛び寄っていく。

それに気付いたアルスが、先にこう尋ねた。

「念の為聞くのだが、ディザスター殿はあれで間違いなく〝下級〟の邪神なのだね？」

「うん。というか、あれでもまだ、力のほんの一部に過ぎないよ」

フルールはあっさり頷くと続けて本題を告げる。

「ご覧の通り、竜皇や魔王が思いっきり暴れても問題ない舞台を用意したんだから、早く手合わせを始めようよ」

フルールは気楽にそう言った。

確かにこうしていても仕方が無い。

アルスは気を取り直し、威厳のある声を張り上げた。

「そうだな……それではまず、ケリー殿とライバンに手合わせしてもらおう！」

その指名に、多くの者が疑問の表情を浮かべる。

お飾りの職業：勇者と未熟な刀神の弟子の戦いなど、見る価値があるのかという顔だ。

スレイも同感だったが、どうやらアルスは、この戦いをライバン達の目を覚ますきっかけにしたいらしい。エリナに迫っていたヤンも、勿論それに含まれる。

ケリーにとっても、実力伯仲の相手との戦いは成長の一助となるから悪く無いだろう。

現にクロウがどこか楽しげに笑っている。

ケリーとライバンが中央に進み出た。

「それでは、始め‼」

号令と共に、ケリーは「魔力操作」で雷速に、ライバンは「闘気術」と「魔力操作」の併用で亜光速へ到った。

ライバンの併用は無駄が多いな、と分析するスレイ。

両者共に強化を果たした今、速度を始め、全ての能力値でライバンがケリーを上回っていた。

ステータス差を利用して連続で剣を繰り出すのと並行し、思考分割を用い、短い呪文の魔法を交え、怒涛の攻撃を仕掛けるライバン。

ただ、ケリーは仮にもクロウの弟子である。この程度のステータス差は技量でカバーしてみせるだろう。

実際、ケリーはライバンの攻撃を巧みに躱し、受け流し、二刀を活用することでステータスの差を埋め、何とか凌いでいた。

ライバンは全力で攻める。しかしケリーが「隠密行動」で気配を消している為、目の前に居るというのに狙いが定まらない。

それに何より、ケリーの刀術には冴えがあった。僅か一ヶ月とはいえ、さすがクロウの薫陶を受けた身である。

格上との戦いに慣れているケリーは、逆にライバンの未熟な点を突き、次第に攻勢に打って出るようになった。

ライバンも、当初はケリーの刀を容易く捌いていた。しかし、ケリーの操る二刀の変幻自在な軌道は、ライバンの予想を超え、だんだんとその身体を捉え始めていた。

困惑するライバン。

自分がステータスで上回っている相手に負けた経験などなかった——というより、ここまで競り合ったことすらないのだから、戸惑うのも当然である。

対するケリーは、クロウからの教えだけでなく、探索者ギルドの子飼いとして幼少期から様々な経験を積んできていた。

その豊富な経験は、クロウとの一ヶ月に及ぶ修練——自分より遥かに格上の相手と戦うことによって洗練され、今この戦いに於いて花開こうとしている。

刀が手によく馴染んで一体感をもたらす。二刀それぞれを繊細かつ緻密に振るえる自在感が身体を走り抜ける。

ケリーはライバンを翻弄し、攻勢に転じた。

ライバンは焦り、剣技に乱れが出始める。

ライバンとしては、速度差でケリーを圧倒する筈だった。しかし、何故か近距離での斬り合いで押されている。

ふと一瞬、ライバンが何かに迷うような表情を見せた。その隙をケリーは見逃さない。

「ほう、こりゃあ少しばかり化けたかの？」

見物していたクロウが、ケリーを見つめながら、微かに嬉しそうに呟いた。

ケリーはライバンに流れを変える間を与えない。

そして、「ここだ！」という機を得ると、ケリーは一気に限界以上の力を発揮した。

怒涛の如き二刀の連撃がライバンを襲い、次の瞬間――。

二人は静かに動きを止める。

ライバンの剣はケリーの首筋に当てられ、ケリーの二刀はライバンの首筋と心臓に軽く触れていた。

「これは、引き分けかな？」

「いや、俺の負けだ」

ライバンが自ら敗北を宣言した。

「お前の刀の方が、俺の剣より僅かに早かった。完敗だよ」

ライバンは爽やかな表情だった。

明るい笑みを浮かべて、険の抜けた顔付きになったように見える。これが本来の素の顔なのだろうか、一見ごく普通の好青年であった。

ほうっ、とスレイは少しばかり興味を示す。

ライバンはもしかすると、職業：勇者本来の力を引き出せる素材かもしれない。

本人がその気になり、芯があるならば、鍛え上げることで、食い潰された才能をどうにか開花できる可能性もある。

何せこちらにはスレイだけでなく、ディザスター、それにフルールまでいるのだ。

密かにライバンのレベルアップを邪魔し、自分と同じく技量を集中的に上げる機会を作り出すか。その上で暫く様子見して、見込みがありそうなら拉致って鍛えるか。

裏で色々と強化用の試練を仕込んで、その結果如何では……などと、最早犯罪のようなことを考えるスレイ。

ケリーとライバンが言葉を交わし終わったところで、アルスが対戦結果を宣した。

「それまで！　ケリー殿の勝利だ‼」

ライバンは剣を引いて右手をケリーに差し出した。ケリーも納刀し、右手を伸ばす。

二人は笑顔で握手すると、踵を返し各陣営に戻っていく。

その時、ライバンにアルスが声を掛けた。

「いい顔をするようになったな。それに、よく〝歪〟の力を使わずに戦い抜いた」

「勝ちたい相手が出来ましたから。それに〝歪〟の力は人間相手に使う物ではないと、何故かあの時理解できました」

嬉しそうに告げるライバン。〝勇者〟であることを奢る態度はいつの間にか消えていた。

「これは上手いこと化けてくれたな」とアルスは喜び、さて、と同じ職業：勇者の二人に目をやる。

すると、ヤンはエリナに視線を向けたまま放心状態、エミリーはライバンを馬鹿にしたように眺めていた。

これからライバンは伸びるだろうが、あとの二人もどうにかしなければ……と、アルスは溜息を吐く。

一方のケリーは、クロウに思いっきり背中を叩かれていた。

「ようやったのう、ケリー」

嬉しそうなクロウだが、ケリー本人はそれどころではない。

「ちょっ、いた、痛いですってば。強く叩きすぎです」

「いやあ、すまんすまん。弟子の成長が嬉しくての。カードを見てみよ、面白いことになっていると思うぞい」

「カード、ですか？」

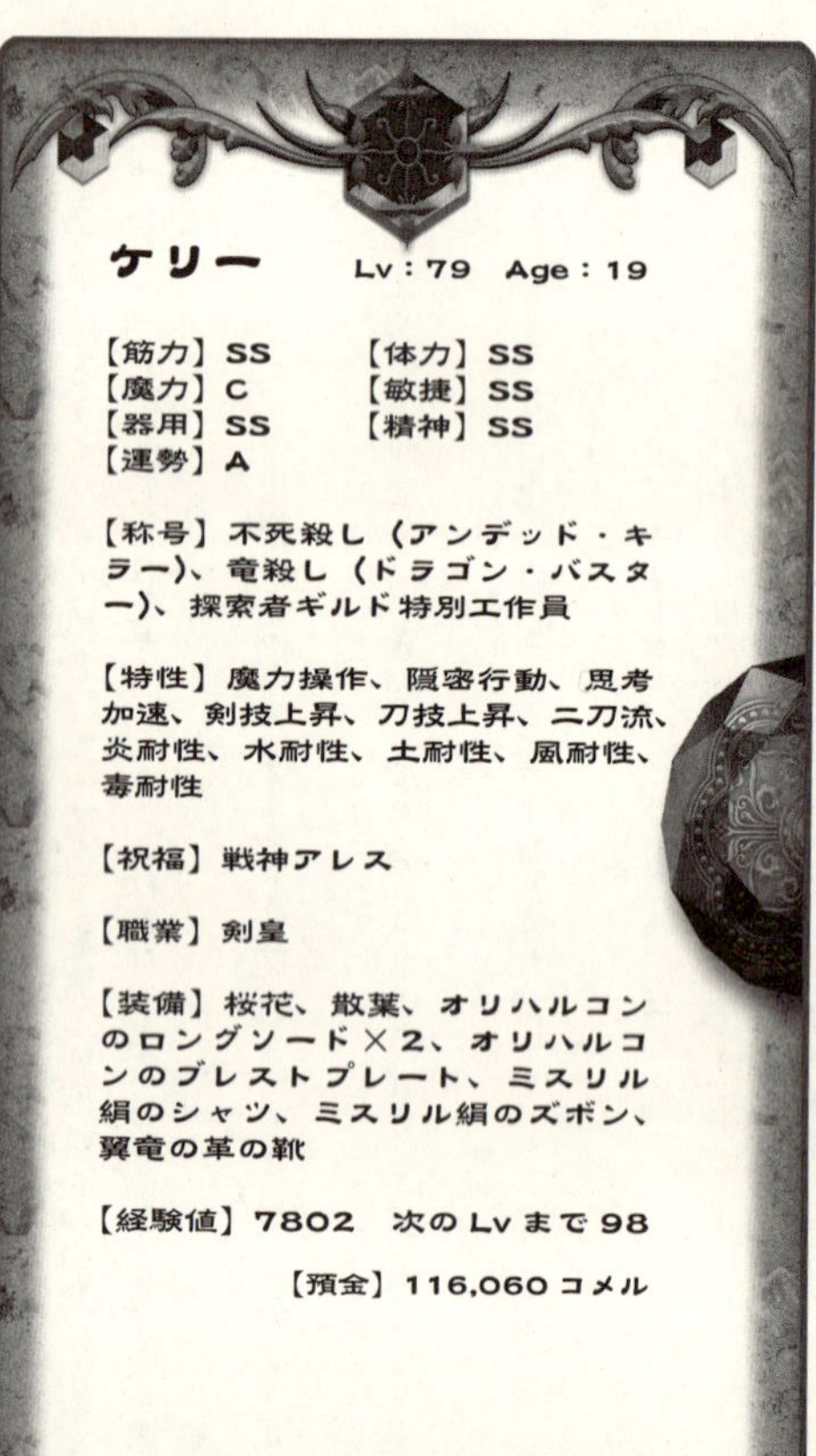

ケリーは疑問の表情を浮かべながら、カードを取り出した。

「これは⁉」

ケリーは驚きのあまり言葉が続かない。

「刀技上昇」と「二刀流」、二つの特性が増えていたのだ。

戦いの最中、今までに無い感覚が突然湧き上がった。あれは、この二つの特性を得たことによるものだったのか、とケリーは理解した。

「だが相変わらず未熟であることには変わらん。これからビシビシ鍛えてやるから、覚悟しておくのじゃぞ？」

「は、はい‼」

師の言葉が励みになる。ケリーは満面の笑みを浮かべた。

ケリーにとっても同年代のライバルは役に立つ。絶対に負けたくないという気持ちが大切なのだ。一応スレイもその一人ではあるが、あまりにも実力差がありすぎる。

そういう意味で、ライバンという等身大のライバルが出来たことは、ケリーにとって大きな意義があった。

「ん？」

そこでアルスが思わず疑問の声を上げる。先程の戦いの影響で地に走っていたいくつもの亀裂（きれつ）が、いつの間にか消えていたのだ。

他の者達もそれに気付いたようで、不思議そうにしていた。

「あ、亀裂なら僕が修復しておいたよ。地面にだったらいくらダメージを与えても大丈夫だから、気にしないで戦ってね」

フルールの言葉に一瞬硬直する一同。

今日は常識外れの体験ばかりさせられているので、皆精神的にかなり疲れていた。

アルスは咳払いし、気を取り直したように告げる。

「それでは、次はマリアとフェンリル殿にお願いしたい」

ほう……とスレイは笑う。

流石はアルス、対戦カードを奴が決めたのは正解だったな。マリアとフェンリル——この炎と氷の組合わせは興味深いものだ。

ただ、フェンリルには氷精霊の加護があるとはいえ、マリアの杖の存在はやはりデカ過ぎる。勝負にはならない……か。

悠然と中央に歩み出る両者。

フェンリルが述べる。

「マリア殿。あなたが仕込んでいるという加速薬、こんなことで使うのは勿体無いと思わないか。ロックを解除せず、普通に加速魔法を使って貰って構わないぞ？　その代わり、私にも加速魔法を使わせてもらいたい。加速魔法が無ければ、私の速度域は光速の数倍が限度なのでね」

「あら、そう。確かに私、仕掛けを使わないままだと貴女に速度で劣っているし、お互いに最上級の加速魔法を使えば、一応速度は同じレベルになるから……分かったわ。私の力が仕掛け頼りと思われるのも癪だから、お互いに条件を揃えた上で手合わせをするのが一番よね」

「ああ、私もそう考えて提案させてもらった」

「ありがたく受けさせてもらうわ」

そう告げて、最上級の加速魔法を自らにかけるマリア。

フェンリルもそれに倣う。

これでお互い、何時でも光速の数十倍の速度域へ突入可能となった。この場合、元々の速度は関係無い。

アルスはこの遣り取りを見て、自国の者に戦わせる時は、なるべく今のルールを提案しようかと考えた。幾ら豊かな国だと言っても、最高位の加速薬はかなりの出費なのだ。

「さてと、もう一つ準備させて貰いたいのだが、宜しいだろうか」

「ええ、構わないわ。最高の状態の相手を叩きのめしてこそ、勝利の価値があるというものよ」

どこまでも挑戦的に微笑むマリアは、その炎のように情熱的で誇り高い性格のせいで、フェンリルの提案を断らない。

　苦笑するフェンリル。相性が悪い相手とはいえ、少しばかりせこい手を使おうとしている自分を嗤(わら)ってのことだ。

「さて、フルール殿……だったか？　一つ尋ねたいのだが、ここでは元の世界の存在を召喚することは可能かな？」

「あー、大丈夫大丈夫、そういうのは全部繋げてあるから」

「そうか。では……来い、フェンリル‼」

　詠唱することも無く、ただ純粋に力強い言葉で自らの乗騎を呼ぶフェンリル。

　魔法陣が浮かび上がり、そこから新雪の如き白い毛皮の巨大な狼が飛び出して来た。

　シチリア王国の永久凍土に棲まう魔狼フェンリルである。その大きさは通常の狼の比ではなく、全長五メートルはあるだろう。

「うわぁ。ねーねー、見てよスレイ。あれ特殊個体だよ？　グラナルって人のグリフォンとか、ブレイズって人のペガサスも特殊個体なのかな？」

　はしゃぐフルールに、スレイが冷静に返す。

「恐らくな。そうでもなければ自ら走った方が速いのだから、召喚する意味が無い。しかし……あの狼からは、天狼程の迫力は感じないな」

「当たり前だよ、そんなの。神獣と他の聖獣、魔獣を同列に語ること自体が間違いだってば」

神獣である天狼を実際に見たかのように語るスレイを、周囲は訝った。

スレイは無表情のまま、何事もないように泰然としている。いちいち取り合うのは面倒臭い。

このまま何も言わなければ、スレイの言葉は気の所為だった、で済まされるだろう。

「ねーねー、スレイも何か特殊な乗騎とか持たないの？　神獣を乗騎にして、神獣騎兵(ゴッド・ライダー)とか格好良くない？」

『うむ。主は今のままでも最高だが、我も主のもっと格好良い姿が見たいぞ』

二匹のペットに煽(あお)られ、困った様子のスレイ。

「……と言われてもな。特に当てもないしな。天狼を『孤狼の森』から引き摺(ず)り出すのも何だし」

ちなみにこの会話は、特殊な発声で〝天狼〟の部分だけを周囲に聞こえないようにしたので、問題無い。

「天狼じゃあ、あのフェンリルって人と被(かぶ)っちゃうから駄目だよ。あ、それより、世界にただ一羽の不死鳥(フェニックス)の特殊個体とかどうかな？　神峰アスール火山の頂点に棲んでいて、創造と破壊の炎を司る神獣だよ。不死鳥が自在に操る炎は、その意思が無ければ対象を焼くこともないから、触ってみると世にも不思議な感触らしいよ」

フルールも心得たもので、スレイ同様〝天狼〟の部分だけは念話に切り替えていた。

「ふむ……不死鳥の特殊個体か」

「うん。神獣でありながらEX+級――つまり僕やディザスターと同等、真の神クラスの力を持った存在。格好いいでしょ？」

『確かに主くらいの者ともなれば、我らと同等程度の乗騎でなければ格好が付くまい。今度生け捕りに行くか？』

「そうだな、そいつはなかなか面白そうだ」

フルールの無茶苦茶な提案に、簡単に乗ってしまうスレイ。

ディザスターは「主はやはり、実に欲望に忠実だな」と、その恩恵を受けながら考えていた。

フルールにあっさりとネタばらしをされてしまい、やや気まずそうにしながらも、フェンリルはマリアに告げる。

「先に言われてしまったが、私の乗騎であるこのフェンリルは特殊個体だ。元より光速移動が可能だが、私が加速魔法をかければ、光速の数十倍で移動できる」

言いながら、彼女は最上級の加速魔法を乗騎のフェンリルにかけた。

「さて、まだこれだけでは無いぞ。出でよ、氷精霊スレッジ‼」

再び出現した魔法陣から、人型の氷のような、僅かに女性的な曲線を描く存在が現れる。

それにも同じく最上級の加速魔法をかけるフェンリル。

「へえ……それが貴女に加護を与えている氷の上級精霊って訳ね」

「その通りだ。ついでに私のシークレットウェポンの効果を教えておこう。氷剣アブソリュート・ゼロ、これは絶対零度の刃を以って敵を斬り裂き、周囲一帯の分子・原子運動すら停止させることが可能だ。また私の力次第で、どのような種類の粒子にも同様に影響を与えられる。そして、この氷杖ステイシス。私の水氷魔法の効果を最大限まで高める力を持った、魔導触媒（しょくばい）たる杖だ」

「あら、そこまで解説するなんて……本当に余裕なのね？」

「余裕という訳ではない。ただ、これは実戦でもなければ試合でもない、力を見せ合う手合わせだ。出し惜しみなど意味が無いだろう？」

この言葉には嘘がある。

フェンリルが自らの能力をバラしたのは、そうすればマリアも自分の力を明かすだろうという駆け引きだった。

何せこの勝負、絶対的にフェンリルの分が悪い。炎と氷なのだから当然だ。

それを全て承知した上で、マリアはその駆け引きに乗ってみせた。それがマリアという女だ。

「それじゃあ私も少しお喋（しゃべ）りしようかしら……と言っても、火炎魔法が得意ってだけで、別に特殊な特性は持っていないけどね。ただ、この炎杖カグツチは別よ？」

掲げた杖から漂う威圧感に、思わずフェンリルは背筋を冷やす。

「このカグツチは、召喚した時点で既に事切れていた異界の炎の神の遺骸から、同じく異界出身の火神アグニが創り出したと言われる、究極級（アルテマ）のシークレットウェポンよ。その炎は何故か『神殺しの炎』と謳（うた）われ、最低でも半径数十キロ四方を容易く焼き尽くすわ。私の力次第では、もっといくでしょうけどね」

「……それは大したものだね」

ごくりと唾を呑むフェンリル。

そんな中、離れた場所で真紀が呆れ顔で呟いていた。

「カグツチ？　アグニ？　異世界くんだりまでやって来て、元の世界の神様の名前を聞くことになるなんてね」

「本当、節操（せっそう）無い」

頷く出雲。

「さてと、お互い準備も終わったようだし、そろそろ開始の合図をお願いできますか？　アルス陛下」

フェンリルの言葉を受け、アルスは片手を挙げて、振り下ろした。

「では、始め‼」

途端、フェンリルは光速の数十倍の速度で、自らの乗騎ごとマリアに突撃する。

フェンリルはまず氷精霊スレッジの力を借り、氷杖スティシスで強化した氷魔法を、限界まで多重魔法を用いて重ねる。

周囲一帯の干渉可能な時空間・次元・位相の全てを凍結させると、更に「闘気術」と「魔力操作」を以って氷剣アブソリュート・ゼロを強化し、周囲一帯の原子運動を停止させる。

そして、光速の数十倍の速度域に突入することによって干渉可能となった、全時空間座標、全次元座標、全位相座標のあらゆる方向に、絶対零度の刃を連続で繰り出した。

対してマリアは、炎杖カグツチを地面に突き、そのまま自らの火炎魔法を上乗せして、カグツチの力を解放する。

刹那、停止していた全ての時空間・次元・位相の周囲一帯で原子運動が激しく再開し、超絶的な高温が場を包み込む。

それだけでなく、超高密度の炎がマリアの周囲に巻き起こり、物理的な干渉力を兼ね備えて覆い尽くした。

フェンリルが繰り出した絶対零度の刃は、マリアの周囲を覆った〝炎の壁〟によって全て防御されてしまう。

それを見ると、フェンリルは「私の負けです、アルス陛下」と敗北を認めた。

「……ただ一度攻撃を繰り出して、防がれただけだったと思うが？」

観戦していたアルスがフェンリルに尋ねる。

「ええ、その通りです。ただし、その攻撃を私は全力を以って繰り出しました。ですがマリア殿の作り出した炎の障壁を突破できなかった。だから、私の負けです」

「なるほど、分かった。それではマリアの勝ちだ‼」

アルスがそう宣言すると、マリアは拍子抜け（ひょうしぬけ）したように肩の力を抜き、火炎魔法とカグツチによって作り出した〝炎の壁〟を解除する。

周囲の者達はその膨大な熱量に猛烈（もうれつ）な暑さを感じていたため、ほうっと溜息を吐く音があちこちで聞こえた。

勿論、スレイやペット達は涼しげな顔のままだ。途中で戦いの結末が見え興味も失せたので、カグツチの力を存分に見た時点で、お菓子タイムに入っていた。

「究極級（アルテマ）のシークレットウェポン。その力、存分に見せてもらったよ」

「それじゃあまるで、私がシークレットウェポンだけに頼ってるみたいじゃない。私の最上級火炎魔法も、是非見せたかったんだけどね」

「ふふっ、そう聞こえたのならすまない。だが、称号：勇者が伊達（だて）じゃないというのはとくと見せてもらった。戦友として、頼もしく思うよ」

フェンリルは三度（みたび）魔法陣を作り出し、乗騎たる魔狼と氷精霊を送還（そうかん）した。そして、主君アイスの元へ戻っていく。

マリアはやや憮然（ぶぜん）としながらも、カタリナやジルドレイ、マグナスに迎えられた。

「それでは続いて、オウル殿とマグナス！」

おおっと場がざわめく。

〝拳聖〟の二つ名を持つSS級相当探索者と、〝闘仙〟と呼ばれる称号：勇者の対決だ。

スレイも「この手合わせは非常に期待できる」と感じていた。

マグナスも勿論駆け引きに長けているはずだが、オウルはやはり年季、経験が違う。

暫（しばら）く隠棲（いんせい）していたクロウと違い、ずっと現役でいたことを考慮すると、経験量だけならクロウをも上回っている可能性がある。

それにオウルは、素手（すで）の戦闘術の大家、グランド家の技さえ盗み出しているのだ。

オウルのシークレットウェポン——セスタスの形状をしたスラッシュは、究極（アルテマ）級のような圧倒的な力は感じさせない代わりに、細かな点で応用に優れた能力を秘めているようだ。

そして、その能力がスレイの予想通りであれば、圧倒的な経験量と技量を誇るオウルとの相性は凶悪なまでに良い筈だ。

そして何より……そう、何よりだ‼

この二人の戦いが楽しみな最大の理由——変身するのだ、この二人は‼　変身だ変身‼

そう考えると、実に男心が刺激される。

さて、いったいどんな格好良い姿になってくれることやら……今回ばかりは菓子も放置して、二人の姿に釘付けのスレイ。

ペット二匹も仕方なく主に倣った。

戦いの場へと歩を進めるオウルとマグナスの二人。

ちなみに、マグナスは事前に加速薬の仕掛けを元に戻していた。すなわち、マグナスの方が速度に於いて有利に立つことになる。

それでも尚オウルが優勢、とスレイは見た。それ程の深みがオウルにはあるのだ。

「さて、儂もフェンリル殿に倣って解説でもさせてもらおうかの。このセスタスは実に単純な代物でな。装備した者の闘気と魔力を完全に徹す、ただそれだけの代物じゃ。ただし、徹し方次第で色々とできるがの」

「所有者の力量が真に問われる、実に扱いの難しいシークレットウェポンですね」

マグナスが静かに返す。

「それでは私も。能力について話したいところですが……先程カードでご覧になられた通り、多彩な特性は特にありません。シークレットウェポン、神拳スパルタクスもまた、ある意味単純な能力です。敵のあらゆる防御をすり抜け、数十キロ先まで届く光の拳撃を放てる、そういう武器です」

「そりゃあ、何とまあ。つまりお主の攻撃は、受けることなく完全に躱さなければいけないということになるのう。苦労しそうじゃわい」

飄々（ひょうひょう）と返し、ちっともその威力を恐れているように見えないオウルに、マグナスは苦笑してしまう。

「さて、双方準備はいいかな？」

アルスの声に同時に応える二人。

「ええ、何時でも」

「おう、構わんぞい」

アルスは大きく息を吸い、大声で告げた。

「それでは、始め‼」

合図と共に、双方が揃って魔闘術を用いる。瞬時に魔力が装甲化し、二人の身を覆っていく。

異形の人型と化したオウルとマグナス。

一部ではなく、全身を覆う完全なる魔力の装甲化だ。

その姿は異形でありながら美しさすら感じさせる。同時に、双方共に魔闘術を極めている証でもあった。

「おおっ‼」

思わず瞳を輝かせて歓声を上げたスレイに、周囲の視線が集まった。

まるで子供のようなスレイを見ると、先刻までの天上天下唯我独尊（てんじょうてんげゆいがどくそん）を地で行く振る舞いが嘘のように感じられる。唖然とする一同。

スレイはただじっくりと、オウルとマグナスの魔闘術の装甲、即ち魔装を存分に観賞する。

マグナスの魔装は流麗（りゅうれい）なラインで縁取（ふちど）られ、スマートで無駄な部分の無い蒼い装甲だった。これはこれでイイ。

だがそれ以上に、オウルの魔装は魅力的だった。鎧をより重厚かつ鋭角的にしたかのような、圧倒的な迫力を備えた黒い装甲が全身を包んでいて、純粋に格好良い。

両者とも全身を隈（くま）なく覆っているので、身体が露出（ろしゅつ）している部分は無い。

顔も仮面のような物で覆われているが、当然動きにも感覚にも阻害（そがい）が出ることはないだろう。

いや寧ろ、動きも感覚も、より増幅される筈。

魔闘術の魔装とはそのような物だ。

だが、スレイはふと違和感を覚え、オウルの魔装を強く〝視〟た。

「こいつは……」

思わず声が漏れる。

見誤っていたか、とスレイは自らの未熟さを悔（く）いた。

オウルとマグナスの格闘が楽しみだなどと、その程度の期待しかしていなかった馬鹿な自分を本気で叱り飛ばしたい。

オウルがこれ程極上の好敵手（あそびあいて）だったとは思わなかった。〝視〟た限りでも、スレイが今気付いたモノ以上の、更なる応用性・発展性があの魔装には存在する。

つまり、オウルは未だ底を見せていない。カイトに匹敵するくらいの、とんだ狸爺（たぬきじじい）だ。

とはいっても、カイトのような不快さを全く感じさせず、実力も上等。本当に堪らない、と思わず深い笑みが浮かぶ。

周囲を軽く見回すと、どうやらマリーニアは占師の力を発揮し、スレイと同じ事実に気付いた様子だった。

そう考えた瞬間、マリーニアと目が合った。

マリーニアは一瞬頬を赤くしたが、すぐに顔を逸（そ）らしてしまう。

ちなみに、これらは身体ではなくあくまで意識の上での話だ。

というのも、視線だの何だのといった感覚は、自力でこの速度域まで突入可能なスレイ達を除き、精神体のようなものになっている。

スレイぐらいの〝眼〟になると、相手のそんな姿がぶれて映り、鬱陶（うっとう）しく感じられるぐらいだ。どうやら本当に、時の魔杖は精神を肉体と時間の束縛から解放するらしい。

いやそれより、自分はマリーニアに相当嫌われているみたいだ。こいつは、自分の女にするには骨が折れそうだ。その間に男など出来なければよいのだが……マリーニアも狙っているスレイはそんな心配もしつつ、再びオウルに視線を戻した。


そして戦いが始まる。

ステータス通りであれば、オウルは光速の数倍の速度域に突入できるのに対し、マグナスは純光速までしか加速できない。

そのことは先刻承知なのだろう。号令と共に魔闘術を発動させた二人だったが、同時にマグナスは加速薬の仕掛けを発動させていた。つまりマグナスは現在、光速の数十倍の速度域に在る。

本来のステータスとは真逆の速度差が必然的に生み出された……誰もがそう思うはずだ。

しかし、オウルはマグナスに仕掛けを使わせておきながら、自らの魔装の〝力〟を使わなかった。そのことに、スレイは獰猛な笑みを浮かべてしまう。ああ、そこまでやるのか、と。

オウルの思惑（おもわく）が読めて、本気で楽しくなってくる。

やっぱりいい、最高だ、堪らない。

戦いは、マグナスの一方的な攻撃が続く形となっていた。

オウルがほとんど動けない中、マグナスの連打が次々と叩き込まれていく。

実に洗練されたコンパクトな拳打だ。闘士系職業として称号：勇者にまで到った、その技量は認めざるを得ないだろう。

勿論その打撃の全てが、神拳スパルタクスの力を用いた容赦のない物だ。

光の拳撃がオウルを貫き、あらゆる方向に伸びている。

それでも予想していたより大分距離が短いのは、見物人のことを考えてか？

そんな心配をしなくとも、とスレイは思う。

いかな防御透過の性質を持つシークレットウェポンとはいえ、スレイ達ならばどうとでも対処できるのだ。

力の質や格が違えば、防御無視だの絶対防御だのといった性質も、全て無意味となる。

そもそも力には、階梯という絶対の格差が存在するのだ。

だが、それはともかく。

スレイはますます笑みを深めていた。マグナスの攻撃にではなく、オウルに対してだ。

マグナスも、そして周囲の者達も、そろそろ困惑してきているだろう。

防御無視の性質を持つ究極級のシークレットウェポンの攻撃をこれ程受けながら、未だオウルにダメージを受けた様子がないのは何故なのか、と。

マリーニアとて、〝識る〟ことはできても戦闘の経験が足りず、あの高度な技法までは理解できていない。

無論マグナスの主観時系列に沿って観戦している者からすれば、オウルが倒れないのは当然と思えるだろう。

オウルが存在しているのは、マグナスよりもっと遅い速度域なのだから、と。

だが、困惑の理由は他にあった。

マグナス自身を含め、ここにいる殆どの者が分かっていることだが、オウルの放つ生気には衰えも乱れもなく、ダメージを負った様子など欠片も無い。

その理由が不明なのだ。

困惑などしている暇はないぞ。スレイはマグナスに向かって心中で呟く。

オウルが如何にしてダメージを防いでいるかを見抜き、それを破る手段を〝閃き〟即座に倒す。最低でもその程度のことができなければ、マグナスの負けは必定だ。

何せ、もう既にオウルの準備は終わりかけていた。

スレイはじっくりと彼の妙技を観察し、楽しむことにする。

実は——オウルは速度が劣っている状態のなか、何とか可能な動作で身体の時空間座標、次元座標、位相座標の点を微妙にずらして、マグナスの攻撃を透かしていた。まさに絶技である。

このスレイの分析を耳にした者がいたら、「そんな馬鹿なことがある筈は無い」と一蹴していただろう。

マグナスの仕掛ける攻撃は全てバラバラの時空間座標に点在しているのであり、しかも攻撃の方向性もバラバラだ。

そんな攻撃をどの方向にどう躱すかなど、全く異なる速度域の世界に居るオウルには判断できる訳が無い。

確かにその通りだが、そこには一つの要素が抜け落ちていた。

「オウルもまた、時の魔杖の恩恵を受けた一人である」という前提だ。

オウルは時の魔杖によって時の束縛から解放された思考を利用し、マグナスが繰り出した攻撃の、そのバラバラな時空間座標と方向性を全て読み取っていたのだ。

その上で自らの身体の時空間座標、次元座標、位相座標を、可能な範囲に於いてずらす。

それだけで、魔装を透過し貫いてくるマグナスの攻撃を透かしていた。

そんな超高等技術で時の魔杖の力を利用できる者が居るとは、誰も想像できなかっただろう。

スレイは更に、オウルの反撃も見通している。

「ふむ、残念だったなマグナス。お前は最初で最後のチャンスを逃したぞ」

突然のスレイの言葉に、周囲の者達は訝しげな表情を見せた。

皆からしてみれば、オウルが未だに粘（ねば）っているのは確かに驚異以外の何物でもない。だが、明らかにオウルには反撃の目が無い。それなのにこいつは何を言っているのか、という訳だ。

しかし、スレイの言葉と殆ど時を同じくして、形勢は逆転した。

身体の芯まで響くズドンッという衝撃と共に、異形が遥か彼方まで吹き飛ぶ。

観戦者達は度肝（どぎも）を抜かれ、誰もが唖然としている。

何とか立ち上がった異形——それは優勢だったはずのマグナス。

カハッと血を吐くような音が聞こえる。

それはそうだろう、とスレイは思う。

何せ完全密着状態から攻撃を受けたのである。しかもその攻撃は、シークレットウェポン、スラッシュを使って闘気と魔力を絶妙に徹した、二段構えの爆発的打撃だった。

加えて最後には、物理的衝撃と闘気の衝撃を、魔装など完全に無視して内部に徹（とお）していたのだ。

闘気と魔力を徹したのは、スラッシュの効果を使ってのこと。密着状態からの爆発的打撃は寸勁（すんけい）。最後の魔装を無視して衝撃を徹したのが浸透勁（しんとうけい）か。

スレイは〝視〟たものを瞬時に理解し、分析し、分解し、無駄な要素を全て削ぎ落とした上で、自らに使える技術をあまさず取り込み、より洗練したものに再構成した。

自らの中で何かが噛み合うような音が聞こえる。

どうやら寸勁と浸透勁の特性を入手したようだな、これで俺もグランド家にますます目を付けられそうだ。しかも自分なりにアレンジの入った刀術バージョンまで編み出した、とスレイは笑った。

「どういうことじゃ？」

クロウの声がする。

誰もが同じ疑問を持っているに違いない。

だが、自力でこの速度域に達している者でなければ口を利けないので、図らずも、クロウがその代表になったような形だ。

「どういうこと？　そんなもん、オウルの魔装の中身を見てみれば気付くだろう？　魔法に疎そうなクロウはともかく、ペッタン婆さんが気付かないのはどうかと思うがな？」

最上級の加速魔法により、クロウと同じくこの速度域に在るサクヤに話を振るスレイ。

「ペッタ……またっ！　この――っ!?」

スレイのあまりの言い草に、思わず激昂しかけたサクヤ。しかし、魔装の中身に視線をやった瞬間、驚愕のあまり言葉に詰まってしまった。

「なんじゃ？　どうした？」

「……」

あまりの衝撃に口をつぐんでしまったサクヤに代わって、スレイがクロウの疑問に答えてやった。

「オウルはな、魔装の中に魔法陣を構成してるんだよ。多分、これは歴史上初めて編み出された超高等技法じゃないか？　これが世に出れば魔闘術の歴史が変わるだろうな。今回は最上級の加速魔法だけみたいだが、もっと色々と応用が利くと思うぞ」

「むう？　それじゃあ、何故先程までは、あのような危なっかしい躱し方などして、わざととろいフリをしておったのじゃ？」

「フリじゃなくて、実際にとろかったんだよ。それまでは魔装内の魔法陣に魔力を通してなかったんだからな。戦いの最中に、相手の攻撃に耐えながら魔力を通す――まあ、そういうゲームでもしてたんじゃないか？」

スレイの言った通り、これは魔闘術という最早完成していた筈の特性に新たな可能性を与え、歴史をも変え得る新種の超高等技法だった。この意味はあまりにも大きい。

マグナスにも会話が聞こえていたのだろう、我慢しきれなくなったように叫び声を上げた。

「そんなっ⁉　魔装の中に最上級の加速魔法の魔法陣だと？　スレイ殿の言う通り、それこそ歴史上初めてでは……それに加速魔法だけじゃない、いったいどれだけの魔法を発動させられるのだっ⁉」

オウルが、何を騒ぐのかと言わんばかりの澄(す)ました表情で答える。

「そうじゃのう。儂が知る魔法なら、魔力の絶対量が不足して使えない物や、特殊な才能が必要な物を除いて全てかのう。それに、こいつを使えば融合魔法の真似事もできるぞい？」

「なっ、そこまでっ⁉　そんな技があるのなら、最初から私と同じ速度域に到れた筈……何故私だけを先に加速させ、貴方は戦いの中で加速した？　スレイ殿の言うように、この戦いは貴方にとってゲームだったと言うのか⁉　そこまで私を舐(な)めているのかっ⁉」

「いや、決して舐めておった訳ではないぞい。儂が負ける可能性とて考慮しておった。その上で尚、より戦いを楽しみたかっただけじゃ……じゃが、それこそゲームではないかと言われると、否定はできんのう」

「くっ、うぉぉぉぉぉーーーーーっ‼」

魔装で覆われている為(ため)表情は見えないが、明らかに激怒していることが分かる。

雄叫びのままに駆け出そうとするマグナスだったが、彼の足は動かない。いや、動けない。

「これこれ、止めておけ。悪いが今の一撃、完全に芯を打ち抜かせてもらった。いかに我ら探索者であろうと、回復魔法や回復薬でも無ければ、当分は動けない程のダメージじゃ。そしてそのような隙があれば当然……分かるのう？」

「くっ、くぅっ‼」

「これまで！　オウル殿の勝利だ‼」

慌てて宣言するアルス。

両者の魔装が解かれる――オウルは自ら解除したが、マグナスは集中力が切れて自然と術が消えてしまったようだ。

勝者であるオウルは、どこかバツが悪そうに頭を掻いていた。流石にこれはやり過ぎたか、といった表情だ。

マグナスを見れば、あまりにも惨めに落ち込んでいる。

だが、ここはオウルが声を掛けるべき場面ではない。もう長年生きているのだ、そのくらい分かる。

代わりに、ジルドレイがマグナスに歩み寄り肩を貸した。

「ジルドレイ様っ‼　私は‼」

「悔しければ強くなれ。俺達にできるのはそれだけだ」

僅かにオウルを振り返るジルドレイ。その瞳にはありありと怒気が宿っていた。

やれやれ……これはまた敵を増やしたかの、とオウルは溜息を吐く。

人格者のようでいて、昔から色々とやらかしてきているオウルだ。一目置く者は山程居るが、これでなかなか敵も多い。

年を取ってもヤンチャが抜けなくていかんのう、などと考えるオウル。

彼はジルドレイと共に退場していくマグナスを見送っていたが、ふと、こちらを見詰めているやたらとギラギラとした目に気付いた。

「こらこら小僧、どうしたそんな物騒な目をして」

「いや。あんたとヤリたい、あんたがまだ隠している奥の手を全て引きずり出してやりたい、という欲求が抑え切れなくてな」

「やれやれ、仕方のない奴じゃのう。幾ら何でもここでいきなり暴れだしたりしたら、それこそ会議をぶち壊すようなことになる。この場の全員を敵に回すことになるぞい？」

「それはそれで面白そうだ」

舌なめずりをせんばかりのスレイ。

その兇相を見て、周囲の者は皆、何時でも全力を出せるように身構える。それだけ鬼気迫る顔だった。

警戒する面々を、それでも完全に圧倒せんばかりのオーラを放つスレイ。

だが、ふとスレイは表情を元に戻し、一瞬で落ち着いた雰囲気に戻る。

「だがまあ、自らの欲望のままに行動するのは面白いが、それに振り回されるのは面白くない。この辺りは判断が難しいんだが、今暴れたら後者になると俺は判断した。だから止めておこう」

「なんともまあ、恐ろしい小僧じゃて」

恐怖など持てぬ筈のオウルの顔に、紛れも無く畏怖の念が刻まれていた。だが、それでも尚笑みを湛えている。

やはりオウルも、スレイと同じく戦いの中に極上の楽しみを見出す者という証だ。

同類とはまた最高だ。いずれは必ず……そう思いつつも、スレイは口を閉ざした。

たとえ自分自身の戦闘欲であろうと、自分の在り方を左右するなど許せない。故に、スレイはオウルと視線を交わしつつも、黙って見送った。

オウルは歩きながらふと、マグナスに勝った後に感じていた後味の悪さが、すっかり消えていることに気付く。

「どこまでも強烈な小僧だのう」

オウルはニヤリと笑った。

そして次の戦いが始まる。

4

驚愕の残滓が残ったままの空間に、アルスの声が響き渡る。

「それでは続いて、ミネア殿とカタリナ！」

その声に、ミネアは楽しそうな顔で中央に進み出る。

一方のカタリナは、さーっと顔を青褪めさせ、父であるアルスに詰め寄った。

「ちょっ、ちょっと、正気ですのお父様!? む、娘が毒殺されても良いのですか!?」

流石のカタリナも、取り乱して抗議している。

スレイは傍観者の立場として、当然だなと思う。この戦いを避けようとするのは寧ろ評価に値する、とカタリナを持ち上げるスレイ。

カタリナは規格外の才能を持ち、ステータスもSSS級相当の一歩手前である。そうした自らの実力に相応の自信と誇りを持っている。

だが如何せん、まだ技量と経験が伴っていない。

この戦いを形振り構わず避けようとする辺り、そういった未熟さを自覚しているらしい。

己の力量を正確に把握するというのも、真の強者へと到る為に不可欠な資質だ。

二重の意味で「惜しいな」と思う。

完成してからのカタリナとミネアの戦いを見てみたかった、という思い。

そして、スレイが期待しているミネアの本領を、今のカタリナでは引き出せないだろう、という思い。

本気で残念に思う。

一方、アルスはカタリナの反論を一顧だにしない。

「なーに、エリナ殿の治癒魔法なら、ミネア殿の毒を喰らっても大丈夫だろう。気にせず逝ってこい」

「ちょっちょっと、治癒魔法をかけてもらう前に即死したらどうするんですの⁉　というか、今『いってこい』の意味が違いませんでした⁉」

半ば悲鳴じみた声を上げるも、アルスに強引に押し出され、ミネアと対峙するハメになるカタリナ。

「ははははっ、気持ちは分かるけどねぇ、そんなにビビる必要は無いよ。何せただの手合わせだ。いざという時は、私が自分の血から作った解毒薬を使ってやるよ」

にこやかに告げるミネアに、カタリナは僅かに安堵の表情を浮かべる。

だがそれも、次の言葉で一変した。

「だけどまあ、あんた相手に毒を使う必要は無いだろうから、安心するといいよ」

「あら……わたくし、そこまで舐められているのかしら？　確かに〝今〟のわたくしでは貴女に及ばないという自覚はありますわ。でも、その台詞は少々頭に来ましたわね。せめて一矢報いたい、と思うくらいには」

「ふふん、自分の力量を把握するってのは大事さね。それは強者の条件だ。その意味じゃ、その年で大したもんだと思うよ、お嬢ちゃん。だが、自己の力を把握して、そこで止まっていたんじゃ進歩が無い。劇的な成長を望むなら、そこから敢えて一歩踏み出さないとね？　そういう意味でも、その一矢報いるって気概は重要だ。あと十年、いや五年後にまた嬢ちゃんと戦ってみたいね。その時は良い勝負になりそうだ」

「色々とアドバイスありがとうございます。そこまで気を遣って挑発して頂けるなんて、確かに有難い話ですが……やはり少々腹が立ちましたので、せめて貴女の予想を上回るぐらいの力をお見せしませんとね。いえ、実力差など関係無く、勝ちに行かせてもらいますわ。それに一つ訂正させて貰います。貴女に追いつくのに、五年も必要ありません。三年、いえ二年で追いついてみせますわ」

「へぇ。経験不足のくせに、勝負ってもんを良く分かってる。それにその啖呵……いいねえ、こいつは少しばかり、嬢ちゃんのことを舐めてたみたいだよ」

睨み合う二人。

ミネアはどこか楽しげ、カタリナはどこまでも真剣な張り詰めた表情だ。

スレイもミネアと同感であった。カタリナに対する正当な評価ができていなかったと認めざるを得ない。

つい過小評価してしまったが、あれは化物じみた才能の塊だ。それを考えると、カタリナのでたらめな経歴にも納得がいく。

現状、ミネアは理性を犠牲にする「狂化×５」で光速の数倍～十倍程度に加速するのに対し、カタリナは件の仕掛けによって光速の数十倍の速度に突入できる。

それでも、ミネア程の特異な技能を以ってすれば、そんな速度差など余裕で覆せる筈だ。しかも彼女には、更に驚くべき能力があった。

ミネアが真の強者ならば、その辺りはカタリナに教えておくべきだろう。それがスレイ——絶対的強者の価値観という奴だ。

しかしどうやら要らぬ心配だったらしい。

ミネアが引き続き、ネタばらしを始めた。

「さて、嬢ちゃん。これでも私は嬢ちゃんとは比べ物にならない程キャリアがあってね。物心付いた時から、徹底的に暗殺技術を叩きこまれてきた。後ろ暗い世界での実戦も幾つとなくこなしたし、探索者としてモンスターと戦う経験も豊富に積んできた。キャリアは……およそ三十年といったところかねぇ?」

「なっ⁉」

驚いたのはカタリナばかりではない。

噂に聞いていたとはいえ、ミネアのあまりに壮絶な過去に、スレイやペット達を除いた全員が絶句している。

「それでだ。そんな私だから分かるんだが……嬢ちゃんは、例の仕掛けを使って速度で私より優位に立てる点。私が『狂化』して理性を失ったら隙を突ける点。この二つを突破口にしようなんて考えているんだろう？」

「……ええ。そうですけど、いけませんの？」

カタリナは図星を突かれ、誇り高いが故にどこかバツの悪そうな顔をする。

「ああいや、勘違いしないでおくれ。別に責めちゃいない、逆だよ逆。プライドの高い嬢ちゃんはちょっと恥に感じちまったようだけど、そうやって相手の隙を窺い、そこを攻めようとするのは、戦闘者としてちっとも恥じることじゃない。むしろ誇るべきだ。私が言いたいのは、まずその二点がそもそも前提として成り立たない。それを教えておきたかったんだ」

ミネアがカタリナを落ち着かせるようにゆっくりと諭した。

「えっ？」

これではまるで師と弟子のようだ。

カタリナの父であるアルスも苦笑していた。だが、続いてミネアがこう言い放ったのには彼も目を丸くしてしまう。

「さて、あんた達の加速薬の仕掛けだが、着眼点は実に良いと思う。ただね、そこまで過信するのは感心できないねぇ。何故なら私も同じ、いやそれ以上の仕掛けを、組織によって施されたからね。それ以上っていう理由は簡単さ。あんたらは魔法の膜で薬を包み、それを破って発動させている。言わば一回限りの使い捨てだ。でも私は、ある程度の量を体内に溜め込んでおける。しかも一回分ずつ必要に応じて、当然超感覚と同期して使用できる――そんな特殊な臓器を埋め込まれているのさ。いや流石、裏の組織は人をモルモットにするのに躊躇(ためら)いが無いだけあって、こういう技術も進んでたねぇ。最早過去の組織だけど、やっていたことは今から見ても革新的だ」

「なっ⁉」

「更に、だ。たかが『狂化』程度を最大値まで使っても、私の自我は普段と何ら変わらない。理由はこれまた単純。生い立ちから考えれば、そもそも私が狂っていない訳がないだろう？　私はとっくに理性を失い、常に狂っている。その狂気を飼い慣らしているのさ。だから『狂化』で増幅された狂気だって簡単に支配できる。まあこんな例は私ぐらいのもんだろうねぇ。昔、組織の馬鹿ドクターから『探索者なら、誰でも狂化による狂気を飼い慣らすポテンシャルを秘めている』って聞いたことがある。ただまあ、狂気に慣れるなんて環境は、特殊な生い立ちでもなければあり得ないだろうから、そんじょそこらの探索者では難しいのかねぇ？」

「……」

絶句――ただ絶句。誰もがあまりに凄絶な告白に反応できないでいた。

尤も、全ての事実を最初から知っていたスレイは平然としている。

暇を持て余して茶菓子を摘んでいるスレイに気付き、楽しそうな笑みを浮かべるミネア。

気紛れにスレイが周囲を見渡すと、マリーニアが顔を真っ青にして、目も当てられない有り様となっていた。相当メンタルな部分が弱い。

本来なら、スレイだけでなくマリーニアも、話を聞くまでもなくミネアの実力を〝識る〟ことができた筈だ。

しかし、それに関係する他の記憶まで〝視て〟しまえば、自分が狂いかねない。そこでマリーニアは本能的に避けていたのだろう。

「それでどうする？　嬢ちゃんが突こうとしていた隙など存在しないと判明した訳だけど、それでも私に勝つつもりかい？」

ミネアはカタリナに向き直ってそう問う。

「当然ですわ。話の内容も壮絶に過ぎましたし、私の勝ち目が薄いのも事実ですが、それでも勝てる可能性がゼロだとは思いません。圧倒的な実力差？　大いに結構。それを覆し、驚かせてさしあげますわ」

カタリナの強い意志が籠った視線と言葉に、ニヤリと笑うミネア。

同様にスレイもまた、ニィッと口の端を吊り上げていた。

いやいや、王族生まれの癖に大したメンタルじゃないか。色んな意味でカタリナに対する評価がグングン上がる。

いいね、実にイイ女だ。

カタリナとミネアが一触即発の臨戦態勢に入ったのを感じ取ったアルスが吠える。

「それでは、始め‼」

両者同時に、それぞれの仕掛けを発動する。

両者が共に光速の数十倍の速度域へと突入すると、「狂化」を最大値まで用いるミネア。

圧倒的な狂気が周囲に広がる。

その狂気の量も質も密度も、他の探索者達の「狂化」の比では無い。

それでいながら、ミネアの瞳は冷静かつ冷酷なものだった。

気圧(けお)されるカタリナ。

ゾクッと背筋を震わすも、カタリナはその圧倒的な〝王者の威〟を以って、自らの周囲に忍び寄る狂気を、雄叫びと共に弾き飛ばす。

「はあぁぁぁぁーーーーーっ‼」

そしてミネアに向かい、究極級(アルテマ)シークレットウェポン、聖十字斧槍(ホーリー・クロス)ストライクを構え、真っ直ぐに駆け出していく。

ミネアはニヤリと笑い、手加減無しに、自在に操れるオリハルコンの糸を体内から伸ばし、カタリナへと向かわせた。

その時であった。

目に見えない階段を上るように、空を蹴って高みへと駆け上がっていくカタリナ。

シークレットウェポン、フェザーブーツの天翔ける能力である。

オリハルコンの糸は、カタリナ不在の空間を虚しく通り過ぎた。

だが、そんなことでミネアは驚かない。

オリハルコンの糸はミネアの思念に従い、タイムラグなど一切無しに、空中のカタリナを追いかけていく。

カタリナは、まるで糸の動きを把握しているかのように、空中を自由自在に駆け巡って攻撃を避け、上空から駆け下りるようにしてミネアに襲いかかった。

ほうっ、と感心して笑うミネア。

振り上げられる巨大な斧槍。

ミネアは軽くその場を飛び退いた。

そのシークレットウェポンに防御透過の効果があることなど、ミネアは知らない。

それでもミネアはオリハルコンの糸を編んで防御するのではなく、躱すことを選択した。

それは、圧倒的な経験量から来る直感、即ち〝閃き〟によるものだ。

〝閃き〟が、「この攻撃は躱すべきだ」との判断をミネアに与えたのである。

カタリナが振り下ろしたストライクの一撃が、直径数キロ四方のクレーターを穿つ。

そして、更に四方へと広がる十字型の閃光。

いかなる防御をも透過するその閃光は、まともに当たれば致命的なダメージを及ぼす。

しかし見物人達は、フルールが時空の力を用いて生み出した障壁によって護られている。

その障壁は、致死的破壊力を持つ閃光にもビクともしなかった。

ただ一人、敢えて自らの周囲に障壁を張らせていなかったスレイは、マーナで以って迫り来る閃光を〝斬り〟裂いてみせる。

その様子を視界の片隅に捉え、相変わらずのスレイの無茶苦茶さに微笑を浮かべるカタリナ。

そんな中、閃光の一筋がミネアを捉えようとしていた。

ミネアはカタリナの一撃を見て、ストライクの能力をおおよそ理解した。

フルールが築いた障壁を破壊できなかったことやスレイに〝斬り〟裂かれたことを見れば、その威力の程を勘違いしてしまいそうだが、ミネアの勘はそこまで鈍く無い。

故にミネアは、横っ飛びに閃光を避ける。

緊迫する戦闘にも影響されず、フルールが呑気にスレイに話しかけた。

「ねー、スレイ。ヴェスタの神々ってさ、自分はヘボイくせに、道具を作るのは上手いよね？　その筆頭がスレイの双刀だけど」

「どうした、急に？」

「いや、あのストライクっていうシークレットウェポンの防御透過能力なんだけど、使い手次第では凄い階梯(かいてい)までいきそうだよ？」

「ほう、そいつはまた。そこまでの性能を引き出すだけの器がカタリナにあるかどうか、実に楽しみだ」

ニヤリと笑うスレイ。


カタリナは、執拗(しつよう)にミネアに追撃をかけようとする。

刹那、咄嗟の判断でストライクを振るう。

キィンッと金属音が鳴り、何かが弾かれた。

目を凝(こ)らして見れば、弾かれたのはオリハルコンの糸であった。

ミネアは素早く身を躱して攻撃を避けつつ、オリハルコンの糸を操作し、カタリナの隙を狙っていたのだ。

ほう、大したものだな。巨大なハルバードで細い糸を弾くとは、器用な真似をしてのける。やはりカタリナの才能はずば抜けているな、と感嘆するスレイ。

ギリギリでの防御に、背筋をゾクッと震わせながらも、オリハルコンの糸をストライクで何度も弾き、ミネアに肉薄していくカタリナ。

光速の数十倍の速度域の中でのみ可能な、時空間座標、次元座標、位相座標を含めた、全ての広がりを利用したステップでミネアを攪乱(かくらん)する。

ついにミネアを射程に収め、ストライクを振りかぶったカタリナ。

「なかなか楽しめたけど、こんなものかねえ」

その時、ミネアが余裕綽々の表情で呟いた。だが彼女は、その場に立ち尽くしているだけだ。

ミネアの様子に、「何を言っているの？」と疑問に思うカタリナ。

その表情が驚愕へと変わる。

ストライクが全く動かないのだ。

理由はすぐに知れた。カタリナは目を細める。

ミネアの意思によって操作されたオリハルコンの糸が、あらゆる座標の全域に渡り張り巡らされていることに気付く。

カタリナが手にしたストライクも、何時の間にか絡めとられていた。

カタリナは予想だにしなかった事態に呆然とするしかない。

当然だ。オリハルコンの操糸術――最早ミネアしか使い手のいないその秘術は、あまりにも謎に包まれている。

「踊りな‼」

ミネアが命ずると同時に、オリハルコンの糸は振動を始め、時空間を、次元を、そして位相をも超振動させる。

すると、究極級（アルテマ）でも最上位のシークレットウェポンであるストライクがボロボロになり、勢い良く弾き飛ばされた。

カタリナもその衝撃で吹き飛ばされ、激しく地面を転がる。

転がった先には、何時の間にか先回りしたミネアが待ち構えていた。

ミネアは、吸血のレイピアをカタリナの顔前に突きつける。

ほんの僅かに触れただけで何者をも殺してしまう、強力なミネアの毒――。

「それまで！　ミネア殿の勝ちだ！」

アルスが鋭く制する。

一連の流れに放心状態のカタリナ。状況を理解し切れていないのだ。

「見所のある嬢ちゃんだったけど、やっぱりまだまだ経験が足りないさね。これからも精進（しょうじん）することだね」

ミネアはそう告げ、レイピアを引き、踵（きびす）を返した。

カタリナは目を見開いたまま、傷だらけになったストライクを眺めた。

それは無惨（むざん）な姿であったが、神々によって創られたシークレットウェポンだけあって、見る間に原形を取り戻していく。

しかし、カタリナのプライドがすぐに回復するはずも無い。

対戦相手は圧倒的な実力者であり、自分を軽く上回っていることは承知していた。

だがカタリナは、なまじ才能があるだけに分かってしまうのだ。ミネアはこれでも、まだ実力の一部しか出していないと。

勝つどころではない。一矢報いるどころでもない。遊ばれたのだ、完全に。

思わず唇を噛むカタリナ。

そんな娘にアルスが問う。

「悔しいか？」

「ええ、悔しいですわ」

目に涙を浮かべながら、カタリナは答えた。

「ならば、ミネア殿の言ったように経験を積め。お前は天才肌で、これまでずっと順調に来ていたからな。いくらレベルが上限の99になったとはいえ、まだまだ磨（みが）かねばならぬものがある。技を磨け、駆け引きを覚えろ、先を見据えろ。そして再戦し、その時こそ勝利すればいい。幸運なことに、お前は生き長らえ、敗北を知ることができたのだからな」

「はい、分かりましたわ！」

カタリナの瞳に微かながら輝きが戻る。

アルスは満足したように頷くと、カタリナに場を退くよう促した。

「それでは、次の勝負があるから、ジルドレイ達の元に戻っていろ」

「はい」

カタリナはようやく立ち上がった。

「はいはい、それじゃあみんなー、一度クレーターの外に出てー。元に戻す時に地面と混ざっちゃっても知らないよー」

どこかコミカルな口調で物騒なことを叫ぶフルールに、一同は慌ててカタリナの作ったクレーターの外へと飛び出した。

地面が元の状態に戻ると、場を仕切り直すように咳払いをしてアルスが告げる。

「ゴホンッ、それではだ。今の戦いで私も疼いてしまったので、本来ならば私とスレイ殿の手合わせ……と行きたいところだが、やはりそれは最後の楽しみ、大トリに取っておくとして」

それに対し、「やっぱり美味しいところを！」などとノブツナが怒鳴っている。

スレイはピクンと眉を上げるも、特に何も言わない。

先程からスレイ自身も疼いて疼いて仕方無いのだが、それを最後の最後に爆発させるというのは、確かにイイと思ったのだ。

だが、スレイは内心こう告げる。「お前は後悔することになると思うぞ、アルス」と。

何故なら今こうして観戦しているだけで、スレイは戦いの中で披露された技を全て理解し、分析し、分解し、再構成し、自らのものとして成長し続けているのだ。

一見参考にしようが無いオリハルコンの操糸術ですら例外ではない。

オリハルコンの糸と肉体の生体同化――そんな技を見て、アスラとマーナを振るう際の、より深い同化と同調を成す技を編み出していた。

それを敢えて言葉にするなら、〝刀人一体〟といったところか。

更に世界の墓場に来てからのスレイは、時間を経るごとに、自らがどんどん何かの枷から解き放たれていくのを感じている。

抑えられ押し込められていた魂が解放され、膨張し、内圧が高まり続けることで、魂の周囲にあった壁や鎖、檻のようなものが全て破壊されていくのだ。

この感覚を何と表現すればいいのか。

アルスと戦う時、果たして自分はどうなっているのか、スレイ自身でさえ予想が付かなかった。


「それではヴァリアス殿、ダリウス殿、前へ！」

フルールは地面を修復した後、すぐにスレイの元へ飛んで行き、ディザスターと共にスレイに茶菓子をせがんでいた。

そんな光景を視界の隅に捉えたヴァリアスは、唖然としながらも懸命に無視する。

ヴァリアスは気付かなかったが、スレイは到ってのどかな光景を演出しながらも、その瞳で鋭く二人――特にダリウスを捉えていた。

勿論スレイは、ヴァリアスにも関心を寄せている。

聖剣技――剣理を無視した五つの超剣技は、是非とも見てみたい代物だ。

だがそれ以上に、ダリウスの剣技に純粋な興味があった。

そんなダリウスは、スレイの突き刺さるような視線に気付いていながら、いつも通りの疲れた様子だった。

戦いの前に、しかもこれ程強い視線を向けられながらも常態を崩さぬとは、並大抵の精神力ではないと、スレイの口端は吊り上がり、笑みが浮かぶ。

場の中心では、ヴァリアスがダリウスに語りかけていた。

「貴殿が相手か。『剣術を極めし者』……正直驚かせて貰った。相手にとって不足は無さそうだ。全力で挑ませていただこう」

生真面目にダリウスを見据えるヴァリアス。

それに対し、ダリウスはどこか軽い調子で返した。

「いやいやいや、そんなこと言わずに。ただの手合わせなんだし、もう少し肩の力を抜こうぜ？」

本人に言ったら全力で否定するであろうが、間違いなく雇い主であるギルス父娘(おやこ)の悪い影響を受けている。

そんなダリウスの態度には構わず、ヴァリアスは自らの未熟を恥じながらも、こう願い出た。

「さて、それでお恥ずかしい話なのだが、貴殿と私とでは速度に差がある。私にはそれを覆す術は無い。聖王の守護者ともあろう者が、全く何もできずに負けたとあっては、あまりにも無様過ぎる。虫のいい話だと承知の上でお願いする。戦いの前に、加速魔法を使わせて貰えないだろうか？」

「……まあ、いいけどよ。っていうか、その生真面目な物言いが、既に駆け引きになってるじゃねぇか」

「む、そうなのか？」

「ああ、これだから天然ってのは……いや、寧ろカイトのおっさんやお嬢の性質の悪さに比べりゃ、これって可愛いもんじゃねぇか？　いやそれどころか、こんだけまともな人って……」

「ダ、ダリウス殿？」

いきなり感無量と言わんばかりに天を仰いだダリウスを前にして、少々困惑気味のヴァリアス。

多少シスコンのようだが、そんなのあの父娘に比べりゃ全然許容範囲だよな……ダリウスがそんな風に、若干失礼なことを考えているとは、勿論ヴァリアスには分からない。

そこに、外から大声で野次が飛んでくる。

「ちょっと、性質が悪いってどういう意味よー!! 後で覚えてなさいよ、ダリウスー!!」

途端、ダリウスはげんなりする。

何と言っていいか分からずに、ヴァリアスは困惑顔でこう告げた。

「その……貴殿も苦労をされているのだな。私も、聖王猊下が別の意味で苦労を掛けてくれるので、多少は気持ちが分かる気がする。お互い頑張ろう」

「あんた、いい奴だなぁ」

ヴァリアスの言葉に本気で感動した様子のダリウス。

「ヴァリアス?」

と、今度はヴァリアスに声が掛けられた。名を呼んだのはイリュアだ。

威圧感も無く、ただ静かに、穏やかに名前を呼んだだけ。

だがそれだけで、呼ばれたヴァリアス本人に加え、ダリウスの背筋にも寒いものが走る。

「あ、あんた……本当に苦労してるみたいだな。マジで頑張ろうぜ」

「あ、ああ」

これから戦う者同士だというのに、妙な連帯感すら芽生えていた。

そんな様子を外から見ていて、やはり何故か感動しているスレイ。その視線の先は、今度はヴァリアスである。

まさか運勢：Ｓで、あれ程の苦労人がいるとは……シスコンとはいえ、いやシスコンだからこその修羅道か。スレイは密かに頷いた。

いや、それは違うだろうと突っ込みを受けること間違い無しなのだが、やはり何処か、深い感慨を覚えてしまうスレイ。

運勢が現実にどう影響するのかは、まだ完全に判明していない。

しかしスレイが今まで見てきた限り、実生活にもそれなりに反映されているように感じる。

スレイの場合は金運だけだが、その一点に集中している分ひどいものだ。

中央では、戦闘準備を始めたヴァリアスが最上級の加速魔法を自らに掛けているところだった。

対するダリウスは静観。

そしてそのまま、互いに剣を構える。

「それでは、始め‼」

アルスの号令と共に、両者は「闘気術」と「魔力操作」の併用によって自らを強化する。

ダリウスは強化のみで、一方のヴァリアスは加速魔法の助けを借りて、光速の数十倍の速度域に突入した。

一気にダリウスに詰め寄ったヴァリアスは、上段斬りに剣を振るう。

それを正面から受けようとするダリウス。

だがそうして翳(かざ)された剣を、まるで実体など無いかのようにヴァリアスの剣がすり抜け、そのままダリウスの頭上へと迫る。

「うぉっ⁉」

ダリウスは慌てて後ろに飛び退き、どうにか回避する。

「何だ、今のは⁉」

ダリウスが驚愕の声を上げた。

彼のみならず他の観戦者も、そしてスレイすらもが、それぞれ驚きを露わにしていた。

勿論スレイは今の一撃も〝視〟て、その技法を自らに最適化し取り込んでいた。

「聖剣技が一の太刀〝透過剣〟。一時的に純粋な光となり物理的に干渉できなくなるこの剣を、受けに回りながら初見で躱したのは貴殿が初めてだ。流石だな」

「おいおい、冗談じゃないぞ。聖剣技ってのは、そんなトンデモ技が幾つもあるのかよ？」

「いや、それ程数は多くない。一撃必殺の威力と性質が備わった必殺の剣が五つ。ただそれだけだ」

「そんだけあれば十二分じゃねえか！」

思わず叫んでしまうダリウス。

そんなダリウスに構わず、今度はその場から動かずに、再び軽く剣を振るうヴァリアス。

ダリウスは背筋に悪寒を感じ、素早く移動する。

ダリウスが元居た位置には、剣風が巻き起こっていた。

「聖剣技が二の太刀〝跳躍剣〟。これは魔力の斬撃や闘気による衝撃波などとは違って、文字通り斬撃を跳躍させる剣技だ。時空間と次元間と位相間を飛び越え、思った通りの場所を斬り裂く。これもまた、初見で避けたのは貴殿が初めてだ……本当に大したものだ」

「ははは、冗談じゃねぇっつうの。どれもこれも本当に必殺じゃねぇか。もし当たってたら、治癒魔法で回復するどころじゃなく、即死だってのー」

「当然だ。聖剣技とは、至高の座にある聖王様を守護する為のものだからな。だが貴殿とは全てを出しきって戦いたいので、その全てを伝えておこう。次なる三の太刀は、時空間座標、次元座標、位相座標の全てを無視して、刃を文字通り分裂させ、全ての敵を一振りで斬り裂く〝無斬剣〟。四の太刀は、対象の周囲に無数の斬撃をそのままに留め続ける〝斬撃結界〟。そして最後に終の太刀、文字通り単純明快に一撃必殺、この光速の数十倍の速度域でさえ、尚捉えきれぬ程の速度の斬撃を放つ〝一閃〟。聖剣技はこの五つで構成されている」

「そんな、解説しちまっていいのかよ」

「知っていようが知っていまいが、躱せる者は躱せるし、躱せない者は躱せない。私があと貴殿に向けるべき剣技は〝一閃〟。ただこれのみだ。貴殿がこれを捌けるかどうか、試させて頂こう」

「いや……悪いが、あんたにもう攻撃はさせない」

そこで、ふいにダリウスの気配が変わる。

一気に加速してヴァリアスに突撃していくダリウスは、正面から剣を振り下ろす。

それを堅実に受け止めるヴァリアス。

だが――。

「なっ⁉」

比喩でも何でもなく、山そのものをぶつけられたかのような重さが剣に加えられる。

それに耐え切れず、足を地面に食い込ませつつも、なんとか受け流してそのまま後方に跳ぶヴァリアス。

ダリウスは自らの剣を示して語る。

「あんたが自分の技を解説してくれたんで、俺もこの神剣マルスについて説明しておくと、こいつは持ち主にとっては羽のように軽く、受ける者にとっては山のような重さの斬撃を繰り出すって剣だ。シンプルだが実に効果的だろう？」

ダリウスの言に、肝を冷やすヴァリアス。

「ああ、実に恐ろしいな。ましてそれを貴殿程の剣士が振るうとなれば」

会話の間も、ダリウスは恐ろしい疾さでヴァリアスに迫る。

その剣をどうにか躱すヴァリアス。

ダリウスは攻撃の手を緩めない。

それこそ二つ名の〝閃光〟の如く、光速の数十倍の速度域に於いてさえ、無数の斬撃が同時に繰り出されているのではないかと錯覚する程、一気呵成に襲い掛かってくる。

しかもその一撃一撃が変幻自在。

ディラク島の刀術のように洗練されてはいないが、その剣技は巧みであり、奥が深かった。単純明快かつ実用重視の大陸の剣技を、ダリウスは完全に極めている。

慌ててヴァリアスは時空間座標、次元座標、位相座標を無視したステップを踏み、細かく自在に動き回って、ダリウスの攻撃を避け、距離を取ろうと試みた。

だがそれ程の自由度を誇るヴァリアスのステップを、ダリウスは全て読み切り、執拗に密着し続け、決して逃さない。

三次元に限らず、更に広範にわたる移動の選択肢を持った戦いの舞台。

振るわれるダリウスの剣。

それを必死に躱し続けるヴァリアス。

単純だが、それ故に対処し難い神剣マルスの威力は、先の一撃で充分に思い知らされている。まともに受ける訳には断じていかない。

ダリウスの猛攻はやむ気配が無い。

どこまでも敵を追いつめる計算された足運び。

その巧みさに深い経験が感じられる。

ヴァリアスがかろうじてダリウスの攻撃を躱せているのは、最早奇跡に近かった。

純粋に剣士としての格が違う——そう痛感するヴァリアス。


「流石、か」

どこか呑気に見物していたスレイだったが、期待通りのダリウスの剣技にいつの間にか視線は釘付けになっていた。

この二人が扱う剣技——刀術との共通点も多いが、やはり決定的に違う。実際、技を盗んでも得られる物は少ない。

それでも、ヴァリアスの聖剣技を二つしか見られなかったのは惜しい、とスレイは思う。

「だがまあ、剣士としては期待以上だ。あいつともヤリ合いたいものだな」

獰猛な笑みを湛え、スレイはただそのように呟いた。

「ふむ。やるのぉ、あやつ」

同じく戦いを熱心に眺めていたクロウが感心している。その瞳は、獲物を見つけた肉食獣のようだった。

「剣術を極めし者」という称号を見た時から目を付けてはいたが、これ程のものとは。

「へぇ、クソ親父以外にもあんなのが居るとはな。って、今はそのクソ親父を倒しちまうような化物小僧も居るんだったか」

ノブツナも興奮していた。

しかし、何かに気付いたのかふと顔を曇らせ、眉を顰(ひそ)めた。

先程から規格外な面ばかり見せつけている青年の相手役をアルスに取られたばかりか、このダリウスもまた自分の相手ではない。

ノブツナにとって、対戦相手となる実父クロウとは因縁深い間柄だ。それだけに既に何度も刀を交えている。

自分だけ新しい相手と戦えないのはずるいじゃないか、と心の中で愚痴るノブツナ。

……まあ、そんなことを言っていても仕方が無い。今はただ、ダリウスのシンプルで完成されたその剣技をじっくりと見させて貰うこととしよう。そう結論付け、ノブツナは二人の戦いに集中した。

他の実力者達も、皆同じようなことを考えていた。

ダリウスの超一流の剣捌(さば)きに、誰もが目を奪われている。

それ程までに彼の技術は卓越(たくえつ)していた。

ダリウスの猛攻はどこまでも続く。

剣速を増し、そのステップはまるで宙を舞うかの如く、どこまでも繊細で、美しく、そして激しかった。

疲労し、汗を掻き、動きが鈍っていくヴァリアス。そしてとうとう、ダリウスの連撃を躱しきれず、自らの剣で以ってダリウスの一撃を受けてしまう。

その衝撃は文字通り、山が光速の数十倍の速度で突撃してきたようであった。

ヴァリアスは一直線に後方へ吹き飛ばされる。

その両腕はへし折れ、脳に受けた振動と身体中に走った痛みにより、完全に意識を失ってしまっている。

「やべっ！」

ダリウスは咄嗟にヴァリアスの後ろへ回り込むと、ヴァリアスが地面に叩きつけられる直前に何とか受け止めた。

加速した状態で接触した衝撃に顔を顰(しか)めるも、力を振り絞って肉体を強化し、ヴァリアスが弾き飛ばされた威力を全て吸収する。

そこで、二人の加速は途切れた。

「それまで！　ダリウス殿の勝ちだ‼」

アルスの声を聞き、ダリウス達の元へ駆け寄るエリナ。

ダリウスは軽傷だったが、ヴァリアスは重傷。だがそんなことはお構い無しに、双方を一瞬で治癒してしまうエリナ。

エリナにそうした治癒力があるのは分かっていたが、身をもって体験したダリウスはやはり驚きを隠せなかった。

ダリウスはヴァリアスに気付けを施し、覚醒させる。

「う……む……」

目を開けたヴァリアスは、数秒間ぼんやりと周囲を見回す。

だがすぐに状況を把握したのか、がっくりと項垂れた。

「私の、負けか」

「ああ、だけどあんたの技には驚かされた。良い勝負だったと思うぜ」

そんなダリウスの慰めに何の反応も示さずに、とぼとぼと聖王の元へ戻っていくヴァリアス。

聖王イリュアがそんな彼に慰めの声を掛けることはない。

仮にも肉親、兄妹である。兄ヴァリアスが、今は慰めの言葉など欲していないと理解しているのだろう。

ダリウスは軽く肩を竦め、己が主人に向かって歩き出そうとする。

すると、手合わせ前の暴言を忘れていないギルス父娘が、彼にどう嫌味を言ってやろうか手ぐすね引いて待ち構えていた。

分かっていたこととはいえ、ヴァリアスとの境遇の差に、ガックリと肩を落とすダリウス。

「ヴァリアスに対するイリュアの思いやり……前言撤回だ、やっぱり俺の方がずっと苦労してるじゃないか‼」と内心叫んだりするものの、それであの父娘の嫌味が避けられる訳ではない。

とぼとぼと二人に歩み寄っていくダリウス。

それは、とても勝者とは思えない有り様であった。

フルールがスレイの元から飛んでいき、再び地面を修復する。

そして次の戦いの準備が整えられた。

「それでは続いて、リュカオン殿にイリナ殿！」

「うむ」

アルスに呼ばれ、十メートル近い巨大な黒狼がのっそりと身を起こし、中央に歩み出た。

魔狼王リュカオンである。

「よしっ‼」

同時に、一人の少女が勢い良く走り出る。こちらは闘竜皇女イリナ。

「ん？　今までの流れから言って、竜人族からはドラグゼスが選ばれると思ったんだが？」

「ふむ……どうやらスレイ殿は、私の選考基準を大体理解しているのかな？　まあ確かに、本来ならばドラグゼス殿なのだが、彼の力は既に充分見せてもらったからね。ここはひとつ、かの名高い〝闘竜皇女〟殿の力を見ておきたいと思ってね」

「……見るべき程のものとも思えないがな」

アルスとスレイは互いの距離を無視して大声で会話している。

それを耳にしたドラグゼスが「ははっ、あれで力を見せたと言われるのは少しばかり……」と苦笑いをした。

そんな竜皇の自嘲をかき消すように、娘イリナの怒声が響き渡る。

「こらーっ、スレイ聞こえてるぞーっ‼　後で覚えてろよーっ‼」

イリナはこれまでの戦いを見て気が昂ぶっているのか、声色とは裏腹に、その顔には実に楽しげな表情が浮かんでいた。

「魔狼王のおっさん、よろしく頼むぜ！」

僅かに困惑した表情のリュカオン。

「むう……失礼だが、イリナ皇女。貴女は竜化しなくて良いのか？」

「おうっ！　まずはこのままで、おっさんの力を味わってみたいからな」

しかしリュカオンとしては、人間の姿のままのイリナでは、自分の相手になるとは思えなかった。大丈夫だと明るく肯定されても、返事に詰まってしまう。

今のイリナから感じられる力の波動は、A級の中でも最上級といったところ。言っては悪いが、SS級、しかも上級のリュカオンの敵になり得るはずもない。

その条件で戦おうなど、イリナの考えはリュカオンには理解できなかった。

だがイリナが望んでいる以上は、そうするしかあるまい。

なるべく怪我をさせないようにしようと考え、リュカオンは臨戦態勢を取る。

合わせて構えるイリナ。

ドラグゼスとエリナは頭を抱えていた。

いつものことながら、この二人にとってもイリナの無鉄砲っぷりは頭が痛い。

だがそれ以上に、スレイはうんざりしていた。

昔、イリナに絡まれた時のことを思い出したのだ。そして、今となってはイリナの戦いにもう目新しさは期待できない。

リュカオンも、力自体はそれ程でも無い。ただ、約三千年を生きる彼の経験を見たかったのだが……イリナが相手では、その経験量も発揮しようがないだろう。

「それでは、始め！」

開始の合図と共に、闇の力によって自らを強化するリュカオン。更に無詠唱で最上級の加速魔法を自らに掛け、光速の数十倍の領域へと突入していく。

光速を超えた速度域に突入しても、世界から隔離されている感覚が無い――これはリュカオンにとって驚きだった。

ヴェスタという世界なら有り得ない現象だ。しかも、光速を超えた行動による反動も起こっていない。

元々〝死んだ〟世界とはそのようなものなのか。それとも、あのフルールとかいう汎次元竜がそのようにこの場を構成してみせているのか。

約三千年もの時を生きたリュカオンですら初めて味わう感覚である。好奇心を刺激されない訳がない。

これがもし、ヴェスタの強固な防衛本能によって隔離された状態であれば、同じく隔離されたモノが相手でない限り、余程強力な力が無ければ干渉できない。それ程にヴェスタという世界は堅固で安定した世界なのだ。

だがここ、世界の墓場であれば、光速の数十倍に加速した状態であっても、何にでも容易に干渉が可能である。加速魔法を使って光速の数十倍まで加速したのはその為だ。

そしてリュカオンは、彼にとっては静止しているも同然のイリナに干渉していく。

自分の速度を考え、相手に最適のダメージを与える威力を経験から導き出し、闇の力を以って僅かに触れた。

対するイリナは、時の魔杖の力で意識のみがこの速度域にあった。よって、見ることは出来ても動けないというあまりにもどかしい状態で攻撃を受ける。

リュカオンが加速を解除すると同時に、激しく吹き飛ばされるイリナ。

リュカオンの経験は伊達ではない。恐らく相手を倒す為に必要な、最低限のダメージのみを与えたはずだ。

ただ、流石のリュカオンも竜人族とは戦った経験が無い。

人間族や、それに近しい種族達がヘル王国を攻めて来た折に、随分と異種混交の戦いを経験してきたのだが、竜人族に関してはそのようなことが一度もなかったのだ。

竜人族は人型をしていても、その頑丈さと質量は竜の姿の時と変わらない——と伝え聞いていたが、正直これでもやり過ぎたかと不安になってしまう。

なので、与えたダメージ量に確信が持てず、様子見をするリュカオン。

観戦しているスレイは、ひたすら感心していた。

勿論、リュカオンの力に対する評価を上方修正した訳ではない。

最上級の加速魔法を使えることなど、その年齢を考えれば想定内であり、寧ろ使えない方がおかしい。発揮した力もスレイの予想内だ。

老練さなどが発揮される場面は……なかった。そもそも戦いとして成立していない。

ただ一点。最後に見せた、絶妙な闇の力の操作は素晴らしかった。その緻密さ、繊細さに感心していたのだ。

だがそのリュカオンでも、やはり竜人族については無知なようだな、とスレイは笑う。

あいつらの頑丈さは筋金入りだ。

しかし、それでもリュカオンの優位は揺るぎようも無い。

人型のイリナと戦った時、彼女はスレイよりも遅かった。

スレイはまだ探索者ではなかったのではっきりと分からないが、敏捷(びんしょう)はＳ程度だったはずだ。

それを考えると、彼女は人型時でＡ級程度の総合力であり、敏捷：Ａといったところだろう。

そして、イリナは竜化するとＳＳ級の中堅程度となる。

つまりイリナが竜化しても、恐らく敏捷はＳＳ止まりだろう。強化したところで亜光速が限界ということだ。多少上方修正したとしても、せいぜい純光速が限界。これではやはり戦いにならない。

……リュカオンの経験の奥深さの底を見せて貰うのは、今回は諦めた方が良さそうだな。

スレイは早々に結論づけた。


地面を削りながら弾き飛ばされたイリナは、そのまま暫く倒れ込んでいた――が、突然猛烈な勢いで顔を上げ、頭を振って立ち上がった。

何らダメージを受けていない様子に唖然とするリュカオン。予想以上のでたらめな強度であった。

これが竜人族か、とリュカオンは認識を改める。

だが、今のままではイリナがリュカオンと同じ土俵に立てない事実は変わらない。

それ故に告げる。

「大した頑丈さだな、竜の皇女よ。だが、その姿のまま、その速度では、我との戦いの舞台に上がれはせんぞ？　せめて光速くらい超えられねばな……それは充分理解できただろう？　力試しにすらならないと分かれば、ここで降伏するのもまた、一つの選択だと思うが」

イリナはバツが悪そうに頭を掻きながら、言い訳を口にする。

「いやー、悪い悪い。オレって頭が悪いから、光速がどうとか物理法則がどうとか、分からないんだよなー。父様から色々と聞かされたりはしてるんだけど……複雑だし、ごちゃごちゃしてるし苦手でさー」

そう話しながら、イリナの脳裡（のうり）には、過去の父との記憶が蘇（よみがえ）ってきた。

『いいかい、イリナ。人の魔力や狂気、神々の神気、闇の種族の闇の力、それに我々の竜気など……物理法則を容易く超越する力が、この世には幾つも存在する。ただ、通常の物理法則では絶対に有り得ない光速を超えた速度域に突入すると、世界（ヴェスタ）の防衛本能により、その存在（もの）は通常の世界から弾き出される――同じ位置にありながらも別の世界へと隔離されるんだ。その速度域では、時系列、次元の違い、位相の差を無視して、あらゆる広がりを持ったステージに立つことができる。光速を超えた戦いでは、そのステージを完全に把握しないと勝利は覚束（おぼつか）無い。故に我らは、竜神様より与えられしこの竜気、そして超感覚を磨き上げねばならぬ。誇り高き竜人族の皇族としてな』

『ねーねー、父様ー？』

『うん、何だいイリナ？』

『ブツリホウソクって何ー？　美味しいのー？』

　あれから長い年月が経ち、成長した現在（いま）でも、イリナには父の言葉の意味がさっぱり分からなかった。

　だいたいイリナは、これまでその『ステージ』とやらに立ったことが一度としてなかった。若く未熟だから仕方ないかもしれない。

　それにしても、よく分からないなどと平然と言ってのける大雑把なイリナに、リュカオンは笑わずにいられなかった。

「ははははっ！　そなたは面白いな、竜の皇女よ。だがまあ、我が散見したところ、お主は本能で戦う性質に見える。なればそのまま理屈など無視して、本能の趣くままに戦えば良い。お主のような者なれば、自然と的確な行動を選択できるであろう。くくっ、お主があまりに面白いので興が乗ったぞ。とりあえず人型では話にならない。竜化して全力を出せ。我がお主の速度に合わせてやる。お主の本質が見てみたいのでな」

　リュカオンの言葉にイリナは吹っ切れたようだったが、手加減をされるということには複雑な表情を浮かべる。

　ドラグゼスとエリナは、手を額に当てて目を瞑っている。「余計なことを言ってくれた」と言わんばかりだ。

　スレイは、こういう展開になりイリナの将来が楽しみになったけどな、と思う。

だが何よりリュカオンが、わざわざイリナに速度を合わせてくれるのがデカイ。これでリュカオンの老練さが見られるかもしれない。ナイス本能馬鹿、といった感じだ。

「そうか、そうだよな！　色々とごちゃごちゃ考えるなんて、やっぱオレの性格には合わないや。でも手加減されるのかぁ……複雑だけど、まああの何ちゃらとかいう杖の効果で、オレもおっさん達がどんなステージに立ってるのか、見ることだけはできたからな。あれじゃあ仕方無い。力の差は良く分かった。だけどせめて、オレの全力を見せてやるぜ‼」

　言い終わると同時に、イリナは光に包まれた。それは物凄い勢いで膨らんでいく。

際限なく膨らむかに見えた光は、百五十メートル程の大きさで止まり、光量を弱めていった。

光が完全に収まると、そこには漆黒の竜となったイリナが居た。先程までとは逆に、リュカオンの方が遥かに小さい。

だが、その身に秘めた力はリュカオンの方が大きい。

リュカオンはＳＳ級の上級、対するイリナはＳＳ級の中堅――内に秘めたる力は、身体の大きさに比例しないのだ。

イリナは竜気を用いて限界まで自らを強化する。

純光速か、とスレイは判断する。

竜化した姿での速度は、それなりに鍛えてあるらしい。竜皇の教育方針だろうか？

リュカオンも超感覚で反応し、全く同時に闇の力を以って速度を上げていた。

同じく純光速――これがリュカオンの加速魔法を使わぬ最高速でもある。

「ふむ。どうやら、これなら同じ速度のようだな。そういう意味では、加減は必要無いようだ」

「そいつは良かった‼　あんまり手加減されたら、やっぱりガックリくるもんな‼」

言葉とは裏腹に、その声はあくまで明るい。

「それじゃあ、行くぜ‼」

勢い良く突撃してくるイリナの巨体をリュカオンは余裕で躱す。

移動した先のリュカオンに振るわれる、イリナの尾。

それも飛び退いて避けると同時に、リュカオンは全開全力の咆哮(ほうこう)を放つ。狼の遠吠えなどとは比較にならない迫力で、圧倒的な破壊力すら有している。

イリナもリュカオンに向き直り、同じく吠えた。

ぶつかり合う二つの咆哮。

地は罅割(ひびわ)れ、巨大なクレーターまで生じる。

だが、イリナとリュカオンでは熟練の度合いが違った。

イリナは押し負ける形となり、身をよじって逃れるしかない。

リュカオンの咆哮は空間を歪め、遥か彼方へ飛んで行った。

「ほう、力では明らかに劣るのに、咆哮の収斂(しゅうれん)度は天狼並か」

思わず口にして感心の程を示すスレイ。

そこでふと気付く。天狼もリュカオンと同じく三千年以上生きる身だ。しかもリュカオンよりも遥かに強力な神獣……ならば、最上級の加速魔法を使えない道理があろうか。

「天狼と戦ったあの時、俺は、そこまで手加減されていた……ということか」

スレイはギリッと奥歯を噛みしめた。

今なら問題無く余裕で勝てる。

勿論天狼と戦った当時、たとえ天狼が加速魔法を使ったとしても、俺は必ず自らの限界を超えて勝利してみせた。

見縊られたという思いに怒りが湧き上がる。

が、あくまでスレイは感情に呑みこまれない。怒りとて、自らにとっては道具に過ぎないのだ。

喜怒哀楽の感情全てを飼い慣らせ、己が道具として使役しろ。

改めてその言葉を胸に刻むスレイ。

「まあいい。俺が駆け上がるその果てを、いずれお前にも見せてやるよ、天狼」

スレイはそう独りごちた。

フルールは意味が分からなかったのか、キョトンとしている。

それを見ながら、ディザスターは「全く、フルールにはいくら感謝しても足りない」と感じた。何せフルールがスレイを世界の墓場に連れてきてくれたお陰で、スレイの魂の力が先程から絶えず膨れ上がっているのだ。と同時に、天狼への怒りがその勢いに拍車をかけ、一気にスレイの中にある枷をまた一つ壊すきっかけになったと、人知れず笑った。

ディザスターが思うに、闇の神によってスレイに施された魂の枷は、このペースでいけば間違いなく、世界に戻る時までに全て消滅するだろう。

そして、ヴェスタの波動による力の抑制を再び受けることになっても、壊れた枷は最早復活しない。

これでまた一つピースが揃った——まさにディザスターが望む通りにことが運んでいる。

それでも、まだあと幾つかのピースが必要だ。

その果てに、主の真の望みである「唯一絶対の最強」というゴールがある。ディザスターの望みは、主の思いを叶えることのみ。

だからディザスターは、ただ静かに笑う。


そんな一幕とは関係なく、戦いは続いていた。

咆哮合戦で敗北したイリナは、今度はその喉の奥を眩いばかりに輝かせる。

それに倣い、深遠の「闇」の「輝き」という矛盾したものを、喉の奥に覗かせるリュカオン。

次の瞬間、竜気による光のブレスと、闇の力によって生み出された眩い闇のブレスがぶつかり合った。

クレーターを更に深く掘り広げながら、互いに相手の力を呑まんとする両者のブレス。

だがやはり、リュカオンのブレスの方が高密度であり、圧倒的な収束力があった。

リュカオンのブレスが光のブレスの中心を貫いていく。しかもそれだけではなく、イリナのブレスは拡散して威力が減じていた。

　スレイはすぐ、その理由に思い当たった。

　闇のブレスは圧倒的な密度に収束されているのみならず、超高速で回転していた。

　それにより、イリナのブレスを霧散させているのだ。はじめから、貫くだけでは意味が無いと判断してのことだろう。やはり年季の入り方が違う。

　迫るブレスを咄嗟に避けるイリナ。

『っ⁉』

　と同時に、感覚のままに前転した。

　百五十メートルにもなる巨体だけあって、物凄い迫力だ。

　その首筋を掠め、リュカオンが跳んでいた。

　もしイリナが動いていなければ、首筋の鱗すら容易く貫かれ、脈を噛み千切られていただろう。現に、浅くではあるが、その部分に傷を負っている。

　だが、リュカオンもまたダメージを受けていた。

　イリナは前転するのに合わせて、その勢いを加えた尾の一撃をリュカオンに叩き込んでいたのだ。

　その尾を蹴って後ろに飛び退いたリュカオンだが、意表を突かれ、衝撃を殺しきれなかった。

　それでもリュカオンは笑っていた。

まさにこれこそ、イリナが本能のままに繰り出した攻撃だったからだ。

経験に勝る本能——これが見たくて、リュカオンはわざわざイリナと同じステージに立ったのだ。

こうでなくては甲斐が無い。

一方で、スレイは退屈していた。

確かに大した本能だとは思う。しかしたかが本能だ。

圧倒的な経験量、それに霊感とでも呼ぶべき規格外のインスピレーションによる〝閃き〟に比べれば大したことがない。

大体、戦闘種族として創られた竜人族や闇の種族が、戦闘本能に優れているのは至極当然のことだろう。

スレイから見れば、やはり今のイリナは戦闘相手(あそびあいて)として力不足に過ぎた。

まあいかに皇族とはいえ、竜人族の十九歳というのはあまりに若すぎる。いや幼なすぎると言っても過言ではない。

ドラグゼスでさえ、若造と言っていいぐらいなのだ。

竜人族の皇族は千歳を超えてようやく本領を発揮し始め、一万歳で相応の化物になる——というのが、豊富な知識に支えられたスレイの持論だった。

何故こんな早さで代替わりしたのか……それが一番の疑問だが、この異常事態が世間で話題になっていないのは、人間では正確に捉えられない時間間隔の話だからなのだろう。

また、闇の種族に属する者もほぼ全員が若い。

リュカオンは今、その豊富な経験を見せているが、リュカオンのように長生した闇の種族はごく稀である。

理由は単純。闇の種族は、あの世界で最も新しく誕生した種族だからだ。

ようやく生まれた初代魔王サイネリアからしてまだ若く、歳月を経て経験を積んだ後にどのような本領を発揮するかなど、それこそ誰にも分からない。

本当に自分が見たいものを見るのは難しい。

はあっとスレイは溜息を吐く。

この場に集った面々のなかでも、戦闘種族の本領を見せてくれそうなのはシャルロットぐらいしかいなさそうだ。

竜人族の長老連中は何故出て来ない、と憤懣やるかたないスレイ。そのうち殴り込みでも掛けに行きそうな勢いだった。

さて、戦いで明らかに押していたのも、実力が上なのもリュカオンである。

同時に、現状大きなダメージを受けているのもまた、リュカオンだった。

先程の攻撃を受けた結果だが、あれはイリナが繰り出したラッキーパンチのようなものだ。

だが、イリナの本能がそれだけ優れている証拠だ、とリュカオンは認める。

だからリュカオンはイリナに敬意を表し、イリナに合わせたステージでの、己の全力を見せることにした。

イリナの、漆黒の巨体が四つん這いの状態から身を起こす。

その巨竜の前では小粒にしか見えない体長十メートルの狼が、周囲を高速で小回りに疾駆し始めた。

一瞬戸惑うイリナ。

そんなイリナの身体に連続して闇の塊がぶつかり、立て続けに爆発が巻き起こる。

『ぐあぁっ‼』

「ほうっ！」

スレイが思わず声を上げた。

スレイの目には、疾走するリュカオンの足が空を蹴る度に、足元に魔法陣が生まれ、闇の上級魔法が発動していくのが映った。

リュカオンが走り去った後には、漆黒の名残が在る——これは謂わば、変則的な無詠唱による魔法の発動だ。

先程もリュカオンは無詠唱で加速魔法を発動していたが、アレとは違う。

高速で移動し相手を攪乱しながら、その一歩一歩が魔法となり、連続で相手を襲い続ける……なかなか厄介な戦法だ。

流石は老練の戦闘者ということか。

「いや、正直期待してなかったんだが、まさかこんなモノが見られるとはな」と、楽しげに笑うスレイ。

しかし、相対的に小柄なリュカオンがあちこち動き回るのを、イリナの巨体が暴れ狂いながら、鬱陶しげに薙ぎ払おうとしている様子はかなり迫力があった。

ただ見た目が派手でも、竜の身体の操身術もまた、練り込みが甘い。

結局は、終始若さ故の未熟さが敗因となる。

『ぐぅっ、やるなおっさん。だけどこの程度じゃオレは倒せないぞ‼』

「ふむ……だろうな、この程度ではな。だが、これはどうかな？」

言葉と共に、イリナの周囲を覆うように漆黒の巨大な魔法陣が浮かび上がった。

イリナは唖然とする。

観戦している皆も突然のことに驚いているが、一部の魔導に長けた者やスレイには、その正体は一目瞭然だった。

リュカオンが走り去った後の漆黒の名残、あれはリュカオンの体毛だった。

これまで無詠唱で、本来の最大威力のまま魔法を使い続けてきたリュカオン。

しかし幾つかの特殊な手段を用い、無詠唱というノータイム発動のメリットを犠牲にして、時間を掛けて手順を踏めば、限界すら超えて、威力を更に高められる。

今回の場合、自らの肉体の一部を用いて魔法陣を形成し、それによって魔法を発動する——つまりリュカオンは、体毛一本一本を魔術文字と成し、この巨大魔法陣を築き上げたのだ。

しかも、相手への連続攻撃が本命のように見せかけながら、だ。

流石だな、とスレイは唸る。通常の人間なら血を用いることが多いのだが、体毛を使う辺りも、自らの身体特徴を活かしていて素晴らしい。

魔法陣がここまで巨大なのも、十メートルを超す巨体と大量の体毛があればこそだろう。

「いかんっ‼　イリナ‼　全力で防御を固めろ‼」

『っ、おうっ‼』

慌てて叫ぶドラグゼス。

イリナは言われるままに竜気を高め、全力で防御を固めた。

「それでは、な。なかなか楽しかったぞ、竜の皇女よ。だが如何せん青過ぎる。経験を積み、己を高めるのだな」

言葉の終わりと共に、魔法陣が起爆した。

生まれ出るのは、圧倒的なまでに巨大な闇の球体。

全長百五十メートルはあるイリナを完全に覆い隠して余りある程だ。

ドラグゼスとエリナも思わず息を呑んだ。

暫くして漆黒の球体は消え去り、後には、気絶して人型に戻ったイリナと、その周囲を囲むように、底の見えない深い穴だけが残った。

最後に手を抜いたな、とスレイは確信する。あれを本気で食らわせていれば、いかにイリナが頑丈でも危なかったのは確かだ。

「それまで、リュカオン殿の勝利だ‼」

アルスの声を合図に、慌ててイリナに駆け寄るエリナとドラグゼス。

正直、エリナはともかく、竜皇ともあろうものがこのように余裕を無くすのは如何なものかと感じられる。だがそれも、同じく娘を持つアルスやノブツナ達には共感できる部分もあった。

イリナはエリナの治癒力で一瞬のうちに回復する。

そうして目覚めたイリナの第一声が「おう、おっさん、あんた強いな。またやろうぜ‼」だったのは、感心するべきか呆れるべきか。

静かに睨み付けるエリナ。

イリナの顔色が蒼白となり、リュカオンはそれを見て苦笑いしていた。

5

エリナに耳を引っ張られながら、イリナは背を丸めて退場していく。その後に、落ち着きを取り戻したドラグゼスが続く。イリナは小言を言われ続けているようだ。

全く……と苦笑するスレイ。

見ていた周囲の者達もやや緊張の糸が解けたようだ。

荒れた地面の上をフルールが飛び回り、一瞬で修復する。

そんな様子を見ながら、スレイは自らの内に、戦いに対する熱く冷たい欲望が、矛盾するように激しく猛るのを感じていた。

「ふむ、何というか、ひどく疼くな」

『主よ、その感情に呑まれるな。それは主にとって良くないものだ』

本来ならばディザスターにとって、スレイの強烈な欲望は最上の餌である。それを敢えて諌めるディザスターに、スレイは少しばかり悲しげに返した。

「ディザスター。こんな感情程度、俺が飼い慣らせないとでも思ったか？　感情の熱など、冷徹なる意志を以ってコントロールし、道具として扱いこなしてこそだと、俺は理解している。それをお前に疑われたのは少々悲しいな」

『ち、違うぞ主。決して主のことを疑った訳ではなく……』

「ああ、心配してくれたのは分かっている。それに、陰で色々と俺の為に動いてくれていることもな。だが、もっと俺を信用してくれ」

『主……分かった、確かに少々過保護に過ぎたようだな。今の主は以前の主よりも、余程自己制御に長けているようだ。だがまあ、別の意味では心配になるが』

良い雰囲気だったのを、最後は茶化して終わらせるディザスター。

「あはは、確かに。スレイって色欲が強すぎだもんねー」

フルールが相槌を打つ。

「むぅ」

思わず唸ってしまうスレイ。しかしディザスターの態度が、出会った頃よりもかなり柔らかくなったのを歓迎していた。

ふと、スレイは遠い目をして呟く。

「俺はここに来てから本気で調子が良い。良すぎる所為で、ディザスターが今言った内容と関係する嫌な記憶を思い出してしまったな。ロドリゲーニの奴が言ってたのは、そのことだった訳だ」

スレイは長い間忘れていた、上級邪神ロドリゲーニとの過去をいやいや振り返る――。

『さてと、お芝居はここまでにしておこうかな？　存分に君の恐怖を喚起させて喰らったからね。もう君の中には恐怖の感情は欠片も残っていない筈だよ。これは僕の中のフィノと、そして何よりも僕自身からの贈り物だ。恐怖という感情を失うのは人間にとってメリットだと思うし、君にとっては尚のことだしね』

＊

『天才だって？』

恐怖を失ったスレイは最早動じることも無く、ただ興味を感じて冷静に問い返した。

『そう、君のことだ。といっても、今はまだその意味が分からないだろうけどね。フィノの中でずっと君を見ていた僕は、運命の采配に狂喜さえしたものさ。輪廻転生の輪がこうして絡み合うなんて。ああ、僕等は惹かれ合っているんだ、とね』

『俺と邪神の間にいったい何の関係がある？　それに、俺から恐怖を奪うということが何故、他の人間以上にメリットになるんだ？』

その時のスレイの思考はひどく明快な状態にあった。しかしそれでも、ロドリゲーニの言葉は脈絡が無く、理解不能なものだった。

冷静に考えるが、心当たりが全くない。

『簡単なことさ。君が恐怖を失えば、かつて神々によって魂に埋め込まれた、兵器としての戦闘本能に振り回されることも無い。逆に、箍の外れた戦闘本能を自らの道具として制御できる可能性は上がる。恐怖は戦闘本能を暴走させる大きな原因に成り得るからね。実際君以外の〝天才〟達は皆、それが原因で暴走し、己が力に酔い、傲慢になり果てた。そんな彼らの所為で、〝天才〟という存在は神々に恐れられ、一度は闇の神によって、魂ごと滅ぼされた訳だしね。君はたまたま美神ミューズの恋人だったから、彼女の手によって復活させられたんだ。闇の神も、君の魂に枷を掛けることでその存在を許した訳だけど……まあ色々不満はあっても、君の魂が生き残ったことは感謝しないとね』

『神々がどうして関係してくるのかよく分からないが、お前の目的は俺にある訳だな？』

ロドリゲーニの言っていることは相変わらず意味が良く分からない。

神々なんて存在までが話に出てきて、正直付いていけない状態だったが、スレイは自分にとって重要な部分だけは理解してみせた。

『そうだよ。君――天才が完全な形となって完成することを、邪神達は誰よりも望んでいるんだ。さて、ここまで話したけど、いずれまた君に恐怖を返すその時まで、この会話は忘れてもらわないといけないね。流石と言うか何と言うか、君は、僕の目的が自分だと看破した。その上で、僕に対する効果的ないやがらせとして、何もしない道を選ぼうとしているようだしね』

スレイは、ロドリゲーニの思い通りにはさせまいと逃れようとする。だが、あっという間にロドリゲーニの指先がスレイに触れ、そして——。

『何⁉　くっ！』

＊

そう、この世界の墓場でいくつか魂の枷（かせ）が外れるまで、スレイはこの会話を失念していた。既に引き返せない所まで戦いの道を突き進んで来てしまった今、この時まで。

全く皮肉な話だとスレイは思う。まあどの道、今の俺なら自ら戦いの道を選んだだろうが、とも。

何せ、大きな野望が二つもあるのだ。

その野望の馬鹿らしさには、我ながら笑ってしまう。

ロドリゲーニの奴も、聞けばきっと唖然とするだろう。

その様子を想像して、いっそ思いっきりあいつの前で宣言してやりたいものだ、などと考えたりするスレイ。

まあ何にせよ、今のスレイなら、一部まだ分からない所はあるが、それなりにロドリゲーニの言っていた内容が理解できる。

一番分かり易いのは、闇の神が掛けた魂の枷とやらだ。それがここに来てからどんどん壊れていくのを感じている。

事実、そのおかげであっさり記憶を取り戻せたのだ。

恐怖を返す時に記憶を蘇らせるつもりだったはずのロドリゲーニ――その予定が狂うというのは気分がいい。

そして、他にも分かったことがある。

ロドリゲーニは、天才＝スレイを完成させることが目的だと言った。ならば、恐怖もまたスレイを完成させる為に必要なピースの一つに違いない。

だから奴は絶対に、恐怖を返す為に俺の前に現れる。

スレイの口端が吊り上がり、不敵な笑みが浮かぶ。

『ロドリゲーニが言っていた……とはどういうことだ？　主よ』

ディザスターが尋ねてくる。

「どうやらロドリゲーニの奴が、俺の記憶を封じてくれていたようでな……で、さっき思い出したんだが、あいつが俺の恐怖を喰らったのは、俺の戦闘本能の暴走を抑える為らしい」

『なるほど。我と同じく、上級邪神達や最上級邪神は完全なる〝前期・対邪神殲滅システム　特性：天才〟の完成を望んでいるからな。ロドリゲーニが主の恐怖を喰らった狙いは初めから、神々が主の魂に植え付けた兵器としての戦闘本能を、主が完全に制御できるようになること——自らの物にさせることが狙いだったという訳か』

「流石に理解が早いな。だからだ、ディザスター。どうやら俺達は恐怖心をどう取り返すか、なんて考えなくていいらしいぞ。アイツが自分から返しに来てくれるようだからな」

『確かにそうだな。恐怖の感情無くして、主が〝真の強さ〟を手に入れ、限りなき高みへ〝到る〟ことはできない。恐怖が無くては、主は完成しない。故に、奴が自ら恐怖を返しに現れるのは必然』

「そういうことだな。だから今俺に必要なのは、恐怖を取り戻した際に、それを完全に喰らい、飼い慣らし、従え、完全に制御できる精神力を養うこと、それに尽きる。尤も、これ以外にもお前は色々考えているようだが？」

『主……』

スレイが見抜いたロドリゲーニの狙い——それによって、スレイの成すべきことが一つ見え、ディザスターの成すべきことは一つ減った。

だが同時に、まだ他に目的があるのをスレイに悟られ、口篭(ごも)るディザスター。

少しばかり緊迫した空気が流れる。

「えー、スレイって恐怖を邪神に食べられちゃってるの？　道理で、こういう場でも呑気に振舞ってる訳だ」

その時突然、フルールが横から口を挟んできた。

無駄に張り詰めた空気を和らげてくれたフルールに、スレイは感謝する。

「全く、何を心配しているディザスター。俺はお前を信頼している。だからこれからも好きに動け。俺は何も気にしないさ」

『主……』

「あー、ねーねースレイ、僕はー？」

「ああ。お前のことも信頼してるさ、フルール」

スレイが仕方なく答えると、フルールは満足そうに頷いた。


アルスがそんな緩んだ空気を引き締めるように、大きく咳払いする。

「ごほんっ」

皆の注意が集まると、アルスは次の二人の名前を呼んだ。

「それでは、クロウ殿。それにノブツナ、前へ」

思わず、おっとスレイは身を乗り出す。

「ふむ、やれやれ。久しぶりに馬鹿息子を揉んでやるとするかのぅ」

中央へ進み出るクロウ。やはり対戦相手が息子だからだろうか、クロウの態度はいかにも横柄というか、やや億劫そうだ。

「おい、アルス！　親父のことは『クロウ殿』なんて呼んで、俺を呼び捨てとはどういうことでぇ！　あと親父、俺を昔と同じと思うんじゃねぇぞっ‼　大体てめぇは、あのスレイって小僧に負けてるんだろうが、この負け犬親父っ‼」

対して、ノブツナも登場するが、アルスとクロウにガンを飛ばしながら、ぶつぶつと因縁を付けていた。

そんな父ノブツナを見て、頭を抱えるシズカ。

クロウも「負け犬」呼ばわりに少しばかり眉を上げたが、それでも落ち着きを失わず、アルスと共にやれやれと首を振った。

アルスはノブツナに語りかける。

「やれやれ、年長者を敬うのは当然のことだろう。何より私と君の間で敬称など付けたら、それこそ不自然だろうに」

クロウも大仰に呆れてみせた。

「全く、一々くだらんことに噛みつきおって。我が息子ながら頭が痛いわい。それに真の強者に負けて恥じる理由など何処にあろうか？　そのような文句を言うこと自体が、自らの品性を貶めていると分からぬか？　教育を間違えたかのう」

ノブツナはこめかみに青筋を立てて怒鳴る。

「なんでぇ、おめぇらは！　俺を責めるのに一々息を合わせやがって……グルなんじゃねえのか!?　おい‼」

そんなノブツナにますます呆れたように、溜息を吐く二人。

またも息がピッタリだ。それがノブツナの怒りを更に煽ったことは言うまでもない。

顔を引き攣らせたノブツナは、早くも臨戦態勢となった。

「ま、まあいい。良い機会だ。俺が既にクソ親父を超えてるってことを思い知らせてやろうじゃねぇか！」

「ほう、それは楽しみじゃのう。この爺をせいぜい驚かせてくれ」

「ああ、思いっきりな‼」

そんなクロウの言い草に、ノブツナはこめかみの青筋を増やし、いきり立った。

「それでは、始め‼」

元々ＥＸ＋の敏捷ランクを誇るクロウは、「闘気術」と「魔力操作」の併用による強化で＋２ランクの強化を果たし、光速の数十倍の速度域へと突入する。

敏捷のランクではＥＸと劣るノブツナだが、奥の手を使い、彼もまたクロウと同じ速度域に到達してみせる。

ノブツナの感覚と同調して光り輝く降神刀フツノミタマ。どこからか剣神の神気が大量に流れ込み、ノブツナの全能力値は＋３ランクの強化を果たす。

ノブツナが使った奥の手――シークレットウェポンの特殊能力である〝降神〟――も

また、探索者の超感覚に同期している。その為、光速の数十倍の速度域へと突入するのは、クロウと全く同時だった。

光速の数十倍の速度域——過去・現在・未来という時系列に囚われない領域である。

クロウとノブツナは一気に距離を縮める。

振るわれる刀。

あらゆる広がりを利用した、複雑な軌道を描く刀閃。

双方が「心眼」を以って相手の剣筋を完全に見切り、躱し、逆に自らの攻撃を命中させんとする。

その繰り返し。

ほんの小さな圏内に於いて、光速の数十倍の速度でのみ可能な戦いがどこまでも続く。

それはまさに、刀の舞踏。

互いは全くの互角に見えた。

ノブツナは全能力値を引き上げ、敏捷以外の能力値はクロウよりも上となっている。にも拘わらず、クロウは全ての攻撃を避けていた。

同様にノブツナも、自らにはない「合気」の特性を持つクロウと刀を交えることを警戒し、悉く躱してゆく。

「無拍子」と「明鏡止水」の特性により、限りなく、無駄なく最適化された二人の動作。

それが実に美しく感じられる。

クロウの「鋼属性」は、刀を扱うクロウに高い補正を与える。

ノブツナの「神属性」も、高位の属性であり、刀術にも高い補正が付く。

派手さは無い。だがそこには非常に高度な駆け引きがある。

技と技がぶつかり合っている。

二人の違いを挙げるとすれば、クロウが二刀流で、ノブツナは両手持ちの一太刀である点。

クロウの神刀が双方共に標準的な長さのディラク刀であるのに対し、ノブツナの降神刀はかなり長大である点。

クロウが技の繊細さを重視してるのに対し、ノブツナは一撃の力の強さと速さを重視している点、くらいだろうか。

だがそうした違いも、この領域まで来てしまえば大勢に影響はない。

周囲に目を向けると、見事なまでに高度な刀術戦を目の当たりにして、本質まで理解できない者達が大半だった。それぞれ技量、経験、才能などが足りない証拠だ。

両者の動きを完璧に把握・理解しているのは、スレイとペット達、アルス、ダリウス、オウル、ミネアぐらいまでだろう。

真紀も刀術に長(た)け、その技量はクロウやノブツナにひけをとらない。しかし、経験がかなり不足している。

マリーニアならば両者の動きの意味を占術で〝視る〟ことができるだろうが、そうしたとしても頭が混乱を起こすだけだろう。

ただ存外カタリナなどは、才能だけでぼんやりと理解しているかもしれない。それ程に飛び抜けた才能の塊なのだ。

ふと、スレイは気付く。

スレイのペット二匹は例外として、肉体的な戦闘の術理・技法に限れば、人間族が飛び抜けて能力が高いということに。

人外の者達は生まれ付き強い力を持っている。

だからその力に頼りがちで、人間と比べて技を磨くのを怠る傾向があるのかもしれない。

まあ長年生きれば、それも変わってくるだろうが。

ペット二匹が人外であってもそれに当てはまらないのは、そもそも〝智〟の階梯が違うからだ。

この場に居る戦闘種族のうち、長命と言えるのはシャルロットとリュカオンぐらいのもの。

シャルロットは本職が魔導科学者。

リュカオンは肉弾戦もこなすが、先の戦闘を見る限り、やはり特殊能力や魔法に特化しているようだ。肉弾戦にしても、あくまで獣のそれだ。

どちらも、技法というものには関心が薄いのだろう。

技と技、力と力、速さと速さのぶつかり合い。

この戦いの〝質〟は圧倒的なまでに高い。

「おおぉぉぉぉおーーーーーー‼」

「ぐっおぉぉぉぉおーーーーーー‼‼」

光速の数十倍の速度域ですら、全くの同時に繰り出されるアメノハバキリの八閃と、アマノムラクモによる全てを薙ぎ払う斬撃――スレイとの戦いでも見せた、クロウの必殺の一撃だ。

それをノブツナは、フツノミタマ一刀を思いっきり振るうことにより弾き返してみせる。

今の一振りは、父クロウを上回る力と器用さで以って、クロウの「合気」を封じていた。

だがそれでもクロウは、その場で相手の力を受け流し、間合いから逃れることなど断じて無い。その小さな、それでいて無限の広がりを持つ空間で舞い続ける。

両者、決して引くことは無い。

永遠に続くかと思われる戦い――。

力は完全に拮抗していた。

互いが互いの力を引き上げ、戦いのステージはかつてない高みへと押し上げられる。

「素晴らしい戦いだな」

スレイは戦いを楽しみながらも、両者の技術を目で写し取り、その要素の一つ一つを自らのものとしていく。

「流石はあの世界でも最高の剣士と名高い二人だね。これだけの名勝負は滅多に無いんじゃないかな？　今までの戦いと違って、ちゃんと高度なレベルで拮抗してるのもいいね」

フルールも楽しそうだ。

『確かにそうだな。だが今の主であれば、あの二人どちらが相手でも苦戦などするまい』

ディザスターは、スレイは最早別格だと褒めたたえる。実に忠誠心に溢れたペットだ。

そんな二匹の言葉を聞き流しながら、スレイはどこまでも悠然と、しかし真剣に、戦いから一瞬たりとも視線を外すことは無かった。

「やるじゃねぇか、クソ親父！　引退してたロートルのくせに、全然腕が落ちてやがらねぇ」

「そっちこそ、やるではないか、クソ息子！　確かに儂の記憶にあるお前とは全然違う。成長したのう！」

戦いながら言葉を交わす両者だったが、いかんせん、共に限界が見えてきていた。

光速の数十倍という速度域、そしてあらゆる時空間・次元・位相を超越した機動、自らの特性の完全活用。

これ程の無茶をすれば、いくら高い体力を持っていても、そう長い時間続くはずが無い。

体力そのものは、強化したノブツナの方がクロウよりも高い。だが、クロウはこれまでに積み上げた経験によって、その差を埋めていた。

体力の限界を察した二人は、最後の力を振り絞り、自らの最高の一撃を放とうと構えた。

「いくぞ爺、これで決めてやる！」

「それはこちらの台詞じゃ、これで終いじゃ‼」

繰り出される双神刀と降神刀。

クロウの二刀は、限界まで闘気が注ぎ込まれ、魔力で覆われていた。

ノブツナの刀は、限界まで神気が注ぎ込まれ、神気で覆われていた。

交差する二人。

クロウの双神刀は、ノブツナの胴体を両断せんばかりに両脇から胴体を挟み込み、ノブツナの降神刀は、クロウの眉間に突きつけられていた。

双方の攻撃はまさに同時であった。

「引き分け、か」

「そのようじゃのう」

二人からすればスッキリとしない終わり方だったが、結果は受け入れなければならない。

それに、もしもこのまま続行すれば、二人共々、死に到ることは明白であった。

「それまで！　両者引き分けとする‼」

二人の強化が解かれる。

クロウ達は揃って刀を引き、鞘に納めた。

理解は及ばずとも、全ての観戦者達に感動すら覚えさせる美しい剣舞（けんぶ）であった。

しかし、その余韻を台無しにするような捨て台詞を投げ合う二人。

「ちぃ、次こそ決着を付けてやらぁ！」

「それはこちらの台詞じゃ！」

やはり父子（おやこ）だからであろうか、その大人気（おとなげ）の無さは互いにそっくりだ。

こうして〝刀神〟と〝鬼刃〟――世界でも最高峰と呼ばれている剣士二人の戦いは終結した。

戦いの興奮が冷めやらぬなか、会場に轟（とどろ）きわたる声で、アルスが次なる対戦者の名を呼ぶ。

「それでは続いて、サイネリア殿、真紀殿、前へ‼」

ほう。異世界の勇者と自らの世界の魔王を戦わせるとは、アルスも分かっているな。スレイは感心した。

サイネリア達は、何やら楽しげな様子で登場する。

真紀は笑みを浮かべて、こう告げた。

「ふふ、魔王かぁ。魔王と戦うなんて、アラストリア以来ね。普通はそんな体験一度もしないんでしょうけど」

「あら？　異世界の魔王さんがどんな方だったかは知らないけど、私と一緒にしない方がいいわよ？　私と比べられては見劣りしちゃって可哀想じゃない」

自信満々のサイネリア。

その様子に真紀は額に手をやった。本気で対応に苦慮しているのだ。

サイネリアがこれ程の自信を持つ理由は、真紀にも何となく分かる。

ヴェスタという世界での〝魔王〟は、吸血鬼、鬼、夢魔(むま)といった、無数に存在する闇の種族の頂点に立つ存在らしい。

真紀達の世界で言うなら、「魔」と呼ばれている者達を率いてトップに君臨(くんりん)する王なのだ。

そのような立場にあれば、自らの力に絶大の自信を抱いて当然である。

自信を持てないなら、王たる資格は無い。

それは分かるのだ。

だがアラストリアの魔王――アレは存在としての格が違った。

今でこそ真紀は、アラストリアの魔王を遥かに超えるような化物を三者知っている。しかし彼らを除けば、アラストリアの魔王は確かに別格だったのだ。

真紀は、今ここでそんな話をしても、つまらない挑発にしかならないと判断して、とりあえず黙っておくことにした。

「あー……ま、いいわ」

「？」

「何でもないから気にしないで」

「……そう。で、手合わせの前にちょっといいかしら？」

突然、サイネリアが真紀にこう持ちかける。

「なに？」

「私、ちまちまとした戦いっていうのはどうも性にあわなくてね。どかーんと一発勝負ってのをやってみたいんだけど」

「……ええ、別に構わないわよ」

サイネリアの提案に少し考えるも、受け入れる真紀。

それを見ていたスレイが、やれやれと首を横に振る。

「真紀の奴はまた……クロウに喧嘩を売ったという話を聞いた時にも思ったんだが、やはり経験不足が過ぎないか？　確かに魔王ともなれば、最上級の加速魔法を使えて、速度面で真紀を上回るはずだ。だが、そんなもの使わせなければいいだけの話だろう？　真紀の技量なら、使わせないままに完封できたと思うぞ？　サイネリアはそこまで読んで、一発勝負に賭ける気になった訳ではなさそうだが……あの表情を見る限り、その一発勝負とやらに絶対の自信がありそうだ。何か切り札でもあるんじゃないか？」

「まあその予測は正しいよ。でも……」

言葉を濁すフルール。

「でも、なんだ？　何かあるのか？」

「まあ、後で話すよ。その内スレイにも協力してもらわなきゃいけないだろうし」

「そうか」

フルールは結局答えを返さなかったが、スレイは深く追及せずに沈黙した。

後で話すというのだから待てばいい。

これは純粋な信頼だ。スレイはペット二匹に対して、最早完全なる信頼を寄せていた。

ちなみに、この会話は周囲に聞こえない特殊な発声法で交わされている。話が漏れれば勝負に大きな影響を与えるだろうと配慮してのことだ。

サイネリアの提案は続く。

「それに合わせて少々変則ルールにしたいのだけど、いいかしら?」

「あら、いったいどんなルール?」

興味深げに問い返す真紀。

サイネリアは満面の笑みを以って告げる。

「これから私が、最大最強の一撃を繰り出すわ。どんな手段であろうと、貴女がそれを防げたならば貴女の勝ち。逆に、防げずに逃げたら貴女の負け。逃げると言っても、ある程度距離を取るとか、横に避けるとか回り込むとか、そういうのは全部ありでいいわ」

ぴくっと真紀のこめかみが動く。

「あら、随分と余裕じゃない。自信満々なのね?」

「そりゃあそうよ。だって、正真正銘、私の最大最強の一撃だもの。防げるものなら是非防いで見せてちょうだいな」

嗾けるような怪しい笑みで告げるサイネリアに、真紀は表情を引き攣らせる。

それを見ていたスレイは眉間を押さえていた。真紀は挑発が得意な癖に、相手の挑発にも乗りやすいのか、と呆れてしまったのだ。

「……いいわ! その条件、呑んでやろうじゃない」

「ふふ、それじゃあ決まりね。勇者王さん?」

「ああ」

話が勝手に進んでいくのを傍観していたアルスは、サイネリアに促され、律儀に戦いの始まりを告げる。

「それでは、始め‼」

サイネリアと真紀はそれぞれ己に強化を施し、光速の数倍の速度域へと加速する。

この勝負に於いて加速する意味は無いから、強化しなければ使えない技を出す為に強化したのだろう。

真紀に関しては、サイネリアの強化に感覚で釣られただけだ。

そして、サイネリアがただ一言、こう言い放った。

「『闇よ』」

サイネリアの前方に現れたのは、半径一メートル程の漆黒の球体。全てを呑み込むかのような闇の塊であった。

スレイは瞬時にその正体を見抜く。

闇の概念――それも相当に高位のものだな。なるほど。サイネリアが自信満々だった訳はこういうことか。

闇の塊は、この速度域の中では実にゆっくりと、じわりじわり真紀に近付いていく。

真紀は拍子抜けしたように笑った。

「随分とゆっくりとした攻撃ね。それに闇の塊なんて。私はこれでも、アラストリアの魔

王との最終決戦の時には、ブラックホールを斬り裂いたことがあるんだけれどもね」

「ふふ、それじゃあ試してみなさいな」

サイネリアはそう告げると、もう自分は関係無いとばかりに、審判であるアルスの元へ歩みより、その横に座り込んでしまった。

実際こうなってしまえば、後は真紀が防げるか否かである。

真紀は刀を天に掲げると、思いっきり声を張り上げた。

「はぁぁあぁぁーーーーーーーーー!!!!」

刀に真紀の力が際限なく注ぎ込まれ、天を突かんばかりの光の柱を形作る。

それは、時空の果てまで届かんばかりの巨大な閃光であった。


「むぅ……」

「どうしたのスレイ？　そんな不満そうな顔して」

真紀の様子を見ながら唸(うな)るスレイに、フルールが尋ねる。

いや、今だけではない。この手合わせが始まった時から、スレイは時折このように不満そうな表情を浮かべることが多かった。

「いや、戦い方に無駄が多いと思ってな。特に真紀のアレは何だ。力の収束が甘い、それに無意味に派手だ。これなら普段の刀術の方がよほど美しい」

「でもまあ仕方ないよ。そもそも個々の戦い方ってものがあるし、今回の勝負の場合は、威力重視でいかないとね」

「それは分かっている。威力を重視した戦い方をしていたのはあいつだけじゃないし、それを否定するつもりも無い。他の色々な戦い方の要素を否定する気だって、さらさら無い。俺が言ってるのは、意味の無い動作がとにかく多すぎるということだ。威力を求めるにしても、無駄にしている力があまりにも多い。無駄のない動作で、全ての一撃に究極絶大な威力を込めて戦う……先程超巨星を斬った時に、それが最適最善だと俺の中では結論が出たしな」

「いやいやいや、それは理想だよ、理想。世の中にはできることとできないことってのがあってね?」

フルールは本気で呆れているようだ。

しかしスレイはあっさりと言い返す。

「できるできないじゃなくて、やるんだよ。少なくとも俺はな」

「いやまあ、スレイだったらそうだろうし、実際できちゃうだろうけど……」

『主よ、人の身でそのような真似が可能なのは、恐らく主くらいのものだ』

「むぅ」

ディザスターまでフルールに加勢したので、スレイは仕方なく黙り込んだ。

誰もが固唾を呑んで見守る中、真紀が光の柱となった刀を振るい、闇の塊に向けて極大の一撃を放った。

衝撃波が地面に傷を刻んでいく。

その先には見物人が居ない為、フルールの結界も無い。

傷はどこまでも、フルールが創り上げた地面の果てまで続いているように見え、その威力の凄まじさを表していた。

「は？」

だが、真紀は思わず間の抜けた声を上げてしまう。

サイネリアが生み出した闇の球体は、攻撃を受けたにも拘わらず、何の変化もなく、ゆっくりと真紀に向かっていく。

真紀は呆然とした表情を引き締め直すと、足元の地面を切り抜いて、その土くれを闇の球体に投げつけてみた。

土くれは瞬時に闇の球体に呑まれて消え去った。

この闇の球体は幻術などでは無い。今、土くれを呑んだ力は紛れもなく実体であった。

それでいながら、真紀の魔法剣の最大最強の一撃を透過してみせた。

今度は魔法を放ってみる。

出雲程ではないが、真紀も数々の魔法を使える。

手持ちの中では最強クラスの魔法を幾つもぶつけてみるが、やはり闇の球体は全て透過して、僅かたりとて影響を受ける様子は無い。

試しに気弾も最大威力で撃ち込んでみるが、それも同じ結果であった。

アラストリアの勇者としての力は、間違い無く発揮している。それでいながら、自らの持ち札が全く通用していないのだ。

一瞬、術者であるサイネリアを直接襲おうか、とも考えた。

ルール上は問題無い。どのような手段を使っても、術を防げば勝ちなのだから。

だがそんな方法では、まるで正面から向き合う戦いを逃げたようで、真紀の流儀に反する。

結局真紀は、真の誇りは捨てずに、表面のプライドだけを曲げることにした。両手を上げ、敗北を宣言した。

「あー、この一撃は防げないわ。私の負けよ」

その言葉と同時に、闇の球体は掻き消えた。サイネリアが消したのだ。

「いったい今のは何だった訳？　私の持つあらゆる力が無効化されたんだけど」

「ただの〝真の闇〟の塊よ。闇神アライナから直接の加護を受ける私にだけ使える……ね。真の闇はどこにでも存在しながら、どこにも存在しないわ。そういった概念に直接働きかける力でもなければ、この攻撃を防ぐのは不可能ってことね」

「そう、なるほどね」

真紀は完全には理解が及ばないながらも、今の自分には対処できない攻撃だったと素直に負けを認めた。

プライドは高いが、事実は事実として受け入れるだけの度量を持っている。

そうでもなければ、アラストリアに召喚されてから、異世界の魔王に勝てるまで成長できなかっただろう。

今回もまた、自らの研鑽の為に、次に勝利する術を自らの中で模索していた。

「それじゃあ勇者王さん、私の負けよ」

少女から気軽にさん付けで呼ばれることにやや戸惑いながら、アルスは声を上げる。

「それでは、この勝負、サイネリア殿の勝利とする‼」

仲間達の元へと戻っていく真紀。

セリカと出雲は、真紀を迎えながら言った。

「驚いたわ、まさかアンタが負けるなんて」

「うん。真紀ちゃんが負けたの、びっくり」

何だかんだ言っても、二人は自分達の中で、最も強いのは真紀だと認めていた。だからこそ、真紀の敗北を見て驚きを露わにしていた。

真紀はまるで気にしていない、さっぱりとした様子で答える。

「まあ、仕方無いわよ。あんな勝負に乗ったのは自分の責任だし、今の私じゃあの攻撃に対する対処法は、避けることぐらいしか思い浮かばないしね。ただいずれは、何とかしてみせるけど」

真紀は落ち込んでなどいない。敗北ならば、異世界アラストリアに於ける戦いで何度も経験してきている。

生きてさえいれば、敗北の経験すらも糧となるのだから、それを基にいずれ勝利すればいい。

だからこそ真紀は、死なないことに誰よりも拘わる。

強者に無鉄砲に挑むのは矛盾している気もするが、結局こうして生き延びている辺り、命まで奪う相手かそうでないか、本能で見抜いているのかもしれない。

セリカと出雲も同じ信条を共有している故、真紀の言葉に納得したように頷いた。

真紀は別に負け惜しみでも何でもなく、ただ疑問として二人に尋ねる。

「……でもおかしくない？　ヴェスタって世界に来た時から思ってたんだけど、私達ってどうも弱くなってる気がするのよね。ほら、あのアラストリアの魔王を倒した時のような力があったら、今のもどうにかできた気がするんだけど」

「ああ、それは私も感じてるわ。アラストリアの魔王との戦いで成長した力が、何だか元に戻っちゃった感じっていうか」

「私達、弱体化した」

それを聞きつけたサイネリアが、三人に突っかかろうとして、シャルロットに羽交い絞めにされている。

これでは魔王の威厳が台無しになってしまう。

そこへ追い討ちがかかる。

「それは仕方ないよ」

「フルール？」

いきなりスレイの元から飛んで来て、話に割って入って来た小竜に、三人が疑問の声を上げた。

スレイは静観の構え。

フルールは滔々と続ける。

「君達の考えは正しい。アラストリアの時に比べて、弱くなったというのは事実だからね。そもそもアラストリアの魔王っていうのは、かつてはアラストリアの最高神の片割れだったんだ。だけど光の神との主権争奪戦に敗れて、その地位を追われた。そんな闇の神を、彼女――サイネリアと比較すること自体が間違いだよ。本来、たかが闇の種族の王に過ぎない魔王に、君達が負ける訳は無い」

あまりの暴言に、今にも殴り込みをかけんとするサイネリア。

それをシャルロット、ダート、リュカオンが三人掛かりで押さえている。

「それじゃあやっぱり、私達が弱体化した原因はヴェスタに行ったから？」

闇の種族達の様子など気にせず声を合わせて問う真紀達に、フルールはフフンと鼻を鳴らし、得意げに答える。

「そこが勘違いさ。まあ、アラストリアの魔王を倒してすぐ、ヴェスタに移動すると同時に弱体化しちゃったから、仕方ないんだけどね……逆にこうは考えられないかい？　アラストリアの魔王との戦いの時点で、君達の力は異常だった。そして今は以前のレベルに戻ってる。どう？」

フルールの指摘に三人はハッとする。

確かにその通りなのだ。

アラストリアの魔王との戦い、その中で三人は力を格段に成長させた。それは覚醒と言ってもいい程だった。

それに比べると今は弱体化している。ただ、あの戦いの以前のレベルに戻っただけ、というのも正しい表現だ。

しかし、その意味するところが分からない。

三人の様子を見て取ったフルールが続ける。

「ま、分からなくても仕方ないけど……実は単純な話さ。君達は、アラストリアの魔王を相手とした時にしか全力を出せないように、リミッターを掛けられてる——それだけのことだよ」

「どうしてそんなことに？」

フルールのネタばらしに、ただ困惑する三人。

だがフルールの答えはあまりにシンプルであった。

「何故って、そんなの決まってる。先刻の話を聞いて気付かなかったかい？　アラストリアの魔王は、対となる光の神とほぼ同格なんだよ。そんなアラストリアの魔王を倒す為に、光の神は君達に力を与えた。自分すら倒せるだけの力をね。でも、実際にそれを自身に向けられちゃ堪ったものじゃない。その為にリミッターを仕掛けておいたって訳。君達は、アラストリアの光の神によって権力闘争の手駒にされたんだよ」

三人は押し黙る。

驚きでも困惑でもなく、ただただ怒りに打ち震えて言葉が出ない。三人共に、プライドが傷付けられたのだ。

事情を知った今、その怒りはアラストリアの光の神に向けられる。

「でもまあ、スレイが居れば、君達のリミッターもどうにか解除できるだろうし、その内復讐する舞台を用意してあげられるから、待ってなよ」

「なんでそこにスレイが関係するの？」

「別にスレイがどうこうって訳じゃなくて、スレイなら力尽くで何とでもなるって話さ。フフンッて……ぐぇっ」

久しぶりに真紀に首を絞められるフルール。

その手から何とか逃れ、少し離れた上空に移動すると、フルールは金切り声を上げた。

「良い提案をしてあげたのに、なんで首を締められるのさ⁉」

「いや、なんかあんたが得意気だと腹が立って」

真紀は悪びれもせず、あっさりと言ってのける。

しかし真紀も、この世界の墓場へ来てからフルールの力の程はいやでも見せ付けられている。

フルール本人が言っていた通り、確かに邪神にすら匹敵する化物だ。それでも、これまでの癖が抜けず、ついフルールをいじめてしまう真紀。

「もう、やだ！　やっぱりスレイの所が一番いいや。それじゃあね‼」

フルールは腹を立ててそう告げると、スレイの元へ戻っていった。

「真紀、あんたって……」

「ちょっとアレは無いと思う」

「うっ」

仲間の二人にまで責められて、バツの悪そうな真紀。

追い討ちを掛けるように、セリカが続ける。

「大体、あんたの所為でヴェスタなんて世界に連れて来られたって覚えてる？　私達の怒り、まだ解消させてもらってないんだけど？」

「ええっ？」

思わず身を庇(かば)うように、両腕を身体に巻き付ける真紀。色々あって忘れていたが、ここでそれを持ち出されるとは……。

そこで突然、出雲が横から口を挟む。

「セリカ、それ違う」

「え？　真紀の所為なのは本当でしょう」

「ううん、違う。真紀の〝おかげ〟でスレイに会えた」

出雲の言葉に、セリカは固まった。

そして、何時の間にか自分が元の世界に戻ろうとしなくなっていたと気付く。たった一人の青年が原因でだ。

それは他の二人も同じであろう。

「……言われてみれば、そうとも言えるわね」

「で、でしょう？　私に感謝しなさい」

すぐに偉そうになる真紀に、セリカは激しく突っ込みを入れた。

「ただの結果論でしょうが！」

戦いの後でも、すぐに緊張感の無い会話になってしまう。

そもそも緩い雰囲気の上に、最近は色ボケまで加わり、どこか締まらない異世界の勇者三人組であった。

片やサイネリアは、配下達に押さえ込まれた上、シャルロットに呆れ顔で諫められていた。

「何と言うかまあ、陛下も随分と大人気ないですのう。陛下も確かに若年ではありますが、それでも二百年以上生きていらっしゃるのじゃろう？　相手はまだ二十歳にも満たない者達ですぞ？　少しは落ち着きなされ」

リュカオンとダートはサイネリアを押さえるのに必死で、声を出せない様子だ。

サイネリアは言い返す。

「あれだけの愚弄……魔王の威信に掛けて、この私が黙っていられるとでもっ⁉」

「何を仰るのかのう。話は聞いたであろう？　あの者らが倒したのは、異世界とはいえ、我らがアライナ様と同じ属性の神。なれば、その神と比べて陛下が劣っていると言われても、恥にはならぬかと」

シャルロットにそう窘められながらも、なお「ぐぬぬっ」と言わんばかりの形相のサイネリア。力尽くで束縛を振り切らんと叫ぶ。

「彼女達の倒した存在が私より強いとしても、そいつがアライナ様より格上だなどとは絶対に認めないわっ‼　〝真の闇〟はアライナ様によって与えられた必滅（ひつめつ）の秘術よっ‼　異世界の魔王を倒したからアレをどうにかできるだなんて、まるでアライナ様が格下みたいじゃないっ‼　いいっ⁉　アレに対抗できるのは、闇の種族の内いずれかの一族の長を殺し、『闇殺し（ダーク・ブレイカー）』の称号を得た者だけよっ‼　少なくともこの数百年、下手したら数千年、誰かが殺されたなんて話は無いわっ‼　だからアレに対処できる存在なんて居ないのよっ‼」

「さて、それはどうでしょうな？」

思わせぶりに答え、悠然と座っているスレイの元へ視線を送るシャルロット。

それに気付かず、サイネリアはギリッと歯を鳴らす。

「……シャルロット。貴女、異世界の魔王とやらが、アライナ様より格上だとでも言うつもり？」

シャルロットはその豊富な経験に於いて、いざとなればサイネリアに負ける気はしない。

だが、怒り狂うシャルロットは魔王の名に恥じぬ迫力だけに、思わず背筋を冷やす。

それでも彼女は飄々（ひょうひょう）と、掴みどころの無いことを言う。

「いやいや、勿論その点については妾（わらわ）とて異議がありますぞえ。ただ、それはいずれアライナ様が顕現なされた時に、あの娘達が実感すれば良いこと。どうもこの流れじゃと、それが可能になる日も近そうじゃからのう。喜ぶべきか嘆くべきか」

「……シャルロット？」

意味が分からないという感じで力の抜けた声を出すサイネリア。

「はてさて、それはともかく、『闇殺し(ダーク・ブレイカー)』以外にも、先程陛下が仰っておられたように、〝真の闇〟を防ぐ手段はまだいくつかありましょう」

「シャルロット、貴女正気？　私が言った手段は一つ——概念に直接働きかけるという方法だけ。そんなことは、邪神クラスでもなければ不可能でしょう？　後はアライナ様と双璧を成す光神ヴァレリアなら、〝真の光〟で対消滅させることは可能でしょうけど……」

「くくくっ。陛下もまだ若いのじゃから、分からなくとも無理はあるまいて。じゃが何、今に分かることになりますので、焦ることはあるまい」

「シャルロット……？」

どこまでも思わせぶりなシャルロットを、サイネリアは静かな威圧を込めて睨み付けた。

それをさらりと受け流すシャルロット。

周囲に重い空気が満ちた。

リュカオンとダートはサイネリアの身体を押さえながら、ただただこの時が早く終わってくれるよう祈り続けた。

「それでは最後は、私とスレイ殿で締め括ろうか！」

アルスが言った途端、スレイはばね仕掛けの人形のように勢い良く跳ねて身を起こす。

慌ててスレイの元から飛び退くフルールとディザスター。

そして二匹は、スレイの獰猛な表情を見て驚愕する。

スレイは戦いに餓え、渇いていた。

それを満たしたいという強烈な欲望が凄まじい勢いで流れ込み、欲望の邪神すら困惑させていた。

箍の外れた戦闘本能。

その圧倒的なまでの欲望が主の本質と分かってはいても、これ程までに強いと、流石のディザスターも面食らってしまう。

スレイは、これまで戦いを見続けたことで、闘争本能をかき立てられ、餓えを募らせていた。

だが同時に、それを制御し、己が手の内で弄び、味わい、楽しんでいる。

度の過ぎた自己制御だ。

あまりにも早過ぎる――そんな予想を覆す程の仕上がりもまた、ディザスターを戸惑わせていた。かつての主であったオメガと比較して、その転生であるスレイの成長速度は段違いと言ってよい。

外的因子だけではこうはならない。

性格の変化といい、成長速度といい、前世とのあまりの差異にディザスターは焦る。

輪廻のサイクルの中にあっても強固に〝個〟の特性を保つ〝天才〟の魂に、これ程の変異を齎すとは……それが転生というものなのか。

ディザスターとの「再会」を果たしたスレイの成長を、全て陰で誘導し導いてきたのは、ディザスター自身だ。

そして、この場でスレイに第一段階の覚醒を果たさせることも、ディザスターにとっては想定内のことだった。

だが果たして、それにより何が引き起こされるか――ディザスターにも少しばかり読めなくなってきていた。

そんなペットの気も知らず、スレイは戦いに臨んでやる気満々だ。

アルスが声をかける。

「さて、誰か代理の審判は必要かな？」

「そんなものは必要ないだろう。俺とあんたが戦って、どちらが勝つか――ただそれだけだ。ルールも判定も必要無い。あんたの全てを俺に見せてくれ」

戦いに向けて猛りながら、凍てつくような冷たい眼差しで相手を射抜くスレイ。

その口元には悠然とした笑みが浮かんでいる。

どこまでも冷徹に自分を制御しきっているスレイだが、その若さを考えるとこれは信じ難いことだ。

つい苦笑してしまうアルス。いったいこの青年はどこまでデタラメなのか、と。

「いいだろう。私もあらゆる手段で勝ちにいかせて貰う、覚悟はいいかい？」

「覚悟とは何だ？　悪いが俺は戦いに臨む際、敗北など考えたことが無い。どのような戦いであろうと、常に勝利の栄冠は俺の頭上に輝くと決まっているのでな」

あまりにも傲慢な台詞に唖然とする一同。

やはりこの青年はどうにも常識外れに過ぎて調子が狂う、と考えながら、アルスもまた挑発を口にした。

「ふむ、大した自信だね。それではこれから私の〝力〟で君を捻じ伏せてみせよう。さあ、始めようか？」

「ああ、始めよう。だが、勇者王。とりあえず全力で斬ってみるが、それ程ダメージは与えん。この程度でギブアップしてくれるなよ？」

アルスが言い返そうとすると――口が動かない。

全身が動かぬことに気付き驚愕するアルス。

スレイは何時の間にか、アルスの及ばぬ速度域に在った。

そう、光速の数百倍の速度域だ。

その言葉を、時の魔杖の力で加速された意識のみが捉えていたのだ。

あまりの事態に焦りを感じるも、動けぬアルスにはどうしようもない。

彼と全く同じように、身体を動かせなくなり、驚愕を隠せぬ者達が居る。

まずはクロウ、そしてかつてクロウとスレイの戦いを観戦した者達だ。

先程見たスレイの敏捷は以前と変わり無かったのだが、ならば今は何故、以前よりも遥かに上の速度域へ到っているのか？

以前は手加減していた……いや、そんな気配は無かった。

クロウ達は困惑するしかないが、実は単純な理由による。

スレイが純エーテル強化を極めてしまった——それだけのことなのだ。

＋５ランクの強化。これにより、自力で光速の数百倍の速度域へと到達することが可能になる。

そんな中、ディザスターが懊悩するように呟いていた。

『主は無意識に自ら〝知〟を閉ざしているか……戦いに臨むときの癖だな。戦いをより楽しむことに全力を傾ける為だろうが、それは果たして自らをより高みへと導く良癖か、それとも自らを危地に追い込む悪癖か。悩ましいところだ』

そう言いながらも、ディザスターは主を信じて観戦を続ける。

スレイはこの速度域の中でさえ、全くの自然体であった。そして次にアルスが認識した時には、スレイは既に右手でアスラを抜き、斬撃を繰り出した後だった。

時の魔杖の力により、時の束縛に囚われぬ意識を以ってしてこの有り様だ。

速度だけでなく、とんでもない技量だ、と理解するアルス。

アルスは、自らの及ばぬ速度域で動き回るスレイを、思考のみが知覚し、認識し続けるのみだった。

敵の攻撃を目前にして肉体が凍結されたような状態だが、幸いにして、または不幸にも、探索者のシステムが稼働して、恐怖の感情は麻痺し、冷静に観察できた。

アルスはシークレットウェポンが自らの望みに応えてくれることを願うばかりだ。

だが、武具の力を信じてはいても、この青年ならば何を仕出かすか分からない――そんな気にさせられる。

スレイはふと、己の放った斬撃がアルスに届かんとする刹那、〝閃き〟が奔り抜けるのを感じる。

それは思考の速度を超越し、身体が勝手に動き出す。

振るった右手のアスラの斬撃は、何故か力のベクトルが数千倍に増幅された上で完全に反射された。これによって右手が捩れながら、振るった数千倍の力と速度で自らに迫ろうとする。

〝閃き〟のままに、思考より尚疾く動く肉体――まずはアスラの力のベクトルを、人の領域を遥かに超えた構造に造り替えられた探索者の肉体、その関節数や稼動域や筋繊維の多さと強度、更に「化勁」のベクトル操作を用いて、最大限まで相殺する。

その上で左手のマーナを振るい、アスラの斬撃を防いでみせた。

増幅されているアスラの力に及ばぬ分は、マーナの純エーテル強化を増幅して対応する。

自分で自分の攻撃を防御するという奇妙な光景だったが、スレイは傷一つ負うこと無く、この危機的状況を切り抜けた。

どこまでも磨き抜かれた鋭い天性の〝閃き〟があって、初めて成し得た〝奇跡〟である。

驚きながら、何か言いたそうにしているアルス。

スレイは敢えて一時的に自らの速度域を落とし、付き合うことにする。

身体が動くことに気付いたアルスが、確信的な笑みと共に告げる。

「ははは。これが私のイージスの盾の力だ。いかなる力を以ってしても、破ることは不可能だよ。それでも君には驚かされたがね。自らの一撃を遥かに増幅して返されながら、それを咄嗟に受け止めてみせるか。そんな防ぎ方をしたのは君が初めてだ。ノブツナでさえ、反射された最初の一撃を身を捻って躱すだけで、その後は逃げ回るのが精一杯だったのだが」

「おらぁ‼　何を勝手なことほざいてやがるぅー‼　あの時は引き分けだっただろうが

あーー‼」

遠くからノブツナが乱暴な口調で怒鳴った。

苦笑するしかないアルス。

「察するに、互いに決定打が無い故の引き分けだった、といったところかな？」

分析するスレイに、アルスは頷いた。

アルスは尚もイージスの盾を解説しようとしたが、その前にスレイが語り始めた。

「……イージスの盾か。異世界の女神の防具の名を戯(たわむ)れに冠した盾。ヴェスタの神々が珍しく協力して作り上げた、究極級(アルテマ)のシークレットウェポンの中でも別格の逸品だな」

「なにっ⁉」

自分の知らないことまで語ったスレイに驚くアルス。

スレイは一人思索を続ける。

物理・非物理、実在・非実在、有・無、他の全ても一切関係無く、あらゆる種類のダメージとなりえる現象。

あらゆる種類、属性の魔法を含む特殊能力。

闘気、魔力、妖気、闇の力、神気、精神、生命、純エーテル、それにプリマ・マテリアなど、あらゆる種類の力、素粒子。

それらが全次元、全位相、全時空間のいかなる方向から来たとしても、最低でも数千倍以上、持ち主の錬度によってはそれ以上の倍率で反射する――そんな膜で主の全身を覆う、まさに絶対防御と呼ぶに相応しい盾だ。

だが〝現在〟のスレイならば、それを破る手段は四つある。

その全てが、攻撃を反射された瞬間の〝閃き〟で得た物だった。

「面白い」

ニヤリと笑うスレイに、アルスは問いかけた。

「何が面白いんだい？　今の君の攻撃は、確かに私も反応できない速さだった。だが、イージスの盾についてそれ程に知識があるのならば、知っているのだろう？　これはいかなる攻撃も増幅して反射する、絶対防御の盾だ。その反射を防いでみせたことも、それだけの無茶な機動を強要されながら未だ形を保っている右腕も、確かに驚嘆に値する。だが、君の右腕が回復するまで暫く時間がかかるだろうし、何よりこの盾を破る手段は絶対に無い。即ち、君に勝ち目は無いということだ」

「ふむ、右腕か」

そこでスレイが軽くアスラを振るい、右腕に全くダメージを残してないことを示したので、アルスは瞠目（どうもく）する。

攻撃力が数千倍に増幅され反射されたと分かった時点で、スレイは完全なる操身術を以って、力のベクトルを操作し、右腕に受けるダメージを最大限に減じていたのだ。

後は軽く動かす程度で問題無く回復した。

「ん」

離れた場所に居るアロウンの持つ時の魔杖を見やり、スレイは呟く。

「しかし流石は『時』の名を冠するシークレットウェポン。意識は時間の束縛から解き放たれ、意識のみならその加速に際限は無いようだ。限定的な能力ではあるが、あれで究極級でないのは正直、評価基準が分からんな」

アルスは半ば無視された形になり、軽く怒りを覚えた。

スレイは続ける。

「イージスの盾の絶対防御は大した物だが、まさかそれだけがあんたの力だなんて言ってくれるなよ？　仮にも勇者王とまで呼ばれる男だろう。まずその盾の力をぶち破ってやるから、その後、遊びの続きをするぞ」

ますます表情を硬くするアルス。

「イージスの盾を破るだと？　いったいどんな手段で？　確かに君は初見にも拘わらず、増幅され反射された自らの攻撃を防ぐなどという驚くべき真似ができる。それで負うダメージも無きに等しいらしい。だがそれでは、千日手がせいぜいだろう？」

自らのシークレットウェポンに対する、圧倒的なまでの自信がそう言わせている。

だがスレイは肩を竦め、呆れた様に告げた。

「王様なんてものをやってる割に、存外人の話を聞かない男だな。まずそのイージスの盾の力をぶち破ってやる、と俺は言ったぞ？　反射への対処もダメージも、全然関係が無い話だろうが。それにだ。ぶち破る手段は今から見せてやるに決まってるだろう。知りたければ、待っていればいいだけのことだ」

「ほ、ほう」

どこまでもぞんざいなスレイの態度に、顔を引き攣らせるアルス。

スレイはただ無造作に、それでいて洗練された歩法でアルスに接近する。

「む？」

訝しげな表情になるアルスに対し、スレイの歩みが止むことは無い。

アルスはその不思議な動きから目を離さず凝視していた——はずが、何故か突如としてスレイが目前に現れ、イージスの結界の直前で止まっている光景を目の当たりにした。

「な、何のつもりか知らないが、私の力はこのイージスの盾だけではない。私に攻撃が出来ないなどとは——っ⁉」

アルスは突然首筋に痛みを感じて首を押さえる。だがそこには何も無い。

「気のせいか？」

呟くアルスに対し、スレイは告げた。

「どうやらあんたは、絶対防御の盾以外に、自然治癒力のあるシークレットウェポンも持っているようだな。絶対王権の鞘がそれか。致死レベルの攻撃からも蘇生するような代物らしいが、あんたはよくよく武具に恵まれている……しかしアスラは血を啜ってしまうから、どうなるか分からんか」

「つっ⁉」

またも痛みを感じるアルス。今度は逆の首筋であった。

触れた指に伝わってくる感触に、愕然とする。

その手を前に翳すと、血が付着していた。

「い、いったい何を？」

「『概念操作』だよ。まあ単純に、何かの概念をぶつけても当然反射されて終わりだろうが……その盾は〝ぶつける〟というのを逆手にとって、そこにベクトルを見出し、反射する能力まで持っている。言葉遊びですら現実の力にするとは、間違い無く規格外の逸品だな。とんでもないとか言いつつも正直侮っていたが、見直したよ。素直に感心した」

「……侮っていた、とは私も軽く見られたものだ。それにしても君、答えになっていないよ？」

「まあ、そうだな。ベクトルってのは力の大きさと向きを表したものだろう？〝力〟という概念の操作と、〝向き〟という概念の操作……その高度で複雑な組合せによる、正攻法の絶対防御の突破方法さ。まあ分かり易く言うと、ベクトルの始点たる俺の〝斬る〟という意思と、ベクトルの終点である〝斬った〟という結果のみを残し、ベクトルの矢印部分を消し去った訳だ。干渉するベクトルそのものが無ければ、いかな能力であっても干渉のしようが無く、反射も操作もしようがあるまい？」

覚醒したばかりの「概念操作」の特性――しかしスレイは圧倒的センスで以って、高度な概念操作を複数組み合わせて緻密に扱いこなし、アルスのシークレットウェポンの絶対防御を容易く破ってみせた。

自らの主の力を誰よりも深く信じ、敬愛し、忠誠を誓ったディザスターでさえ、その卓絶したセンスには目を瞠って唸るしかなかった。

「なっ、なんて、む、無茶苦茶な……」

暴論としか言いようの無い理屈に、アルスは怒りさえ覚える。

だが、実際に破られたという現実を認めぬ訳にはいかない。アルスはただ理不尽に対して抗議するしかなかった。

そんな問答に驚愕したサイネリアが、シャルロットに向けて怒鳴るように問いかける。

「概念操作に、概念そのものすらも反射する盾っ⁉　シャルロット、貴女これを知っていたの⁉」

「さてはて、何のことですかのう」

のらりくらりと躱すシャルロット。

リュカオンとダートは黙り込んだまま、嵐をやり過ごそうとしている。

「とぼけないでっ‼ 貴女っ、真の闇を防ぐ手段は幾つもあるなんて思わせぶりに言ってたじゃないっ‼ いったい何をどこまで知っているのっ⁉」

「ふむ、妾もいい歳ですからのう。まあ、色々と知ってはおりますがの」

「それじゃあ神々が創った盾はともかく、概念操作なんて無茶苦茶をした彼は何者なのっ⁉ 答えてちょうだいっ‼」

「〝天才〟としか言いようがありませんの」

サイネリアは、そんなシャルロットの返答を誤魔化しだと受け止めた。

苛立たしげな表情で睨み付けたが、やがて戦いの場へと視線を戻す。

しかし、シャルロットはまさしく正真正銘の事実を告げていたのである。

一方、フルールとディザスターは、こんなことを言い合っていた。

「うわぁ、驚いたなぁ。高度な概念操作をいくつも組み合わせるなんて、〝天才〟っていうのはあんなこともできるんだ？」

『……そうか、お前は我と同格ではあるが、その力は時空関連に限られていたな。ならば見ていろ、主が覚醒した際の真価はこんなものではないからな。尤も(もっと)……いや、やはりと言うべきなのだろうか。主の成長ぶりは、我の予想すら上回っていたが』

「うわぁ～思わせぶりなこと言ってー。もっと詳しく教えてくれたっていいじゃないか、ケチだなぁ」

『教えなくともすぐに分かる、と言っている』

フルールは仕方無く諦め、戦いに視線を戻した。

スレイはアルスに反論している。

「無茶苦茶と言うなら、イージスの盾だってそうさ。あらゆる方向、種類のベクトルに干渉すると言っても、その干渉の力にもランクがある。概念ってのは、本来ベクトルを持たない代物だ。それに干渉するなんて、いったいどれだけ高位のランクに相当するか……まあ『言葉じゃ説明できないランク』とでも言うしかないか？　反則にも程がある。敢えてこんな言い方をさせて貰うが、良くもまあ、たかが神々程度がこんな代物を創れたものだ」

スレイの言い草に、アルスは暫くキョトンとしていたが、やがて大きな声で笑い出した。

「あはははっ。私のイージスの盾が反則だと言うなら、一度見ただけで性質まで理解し、容易く破ってみせた君は何だね？」

そんなアルスを不思議そうに見ながらスレイは答える。

「まあ俺の場合、常に思い付きのままに戦ってるようなものだからな」

「思い付き⁉」

一転唖然としてしまうアルス。

「思い付きってのは言い方が悪いかもな。〝閃き〟って奴だ。あんただって分かるだろう？それは、人の世を常に進歩させてきたものさ」

「あ、ああ。確かに歴史を見れば、世界を変革してきたのは天才の〝閃き〟だ。常人からすれば常軌を逸した発想が、それを成してきたというのは私とて知っている。だが君は、命を懸けた戦闘中にも常にそんな思考を展開し、それを戦いに活かしていると言うのか？」

「まあ、そういうことだな。ただし俺の場合は、更に一味違う。俺の中には全ての正解が、つまり模範解答が既に存在している。俺にとっての〝閃き〟とは、その模範解答すら超越するものだ」

「は、はは……君の中に既に正解があるとは、いったい？」

愕然とした様子で疑問をぶつけるアルス。

スレイはその問いに答えようともしなかった。

「俺としては今のところ、その盾の破り方があと三つ程あるんだがな。例えば、ほら？」

突然、スレイはアスラを軽く振るい、またイージスの盾の絶対防御を無視する形で、アルスの身体を傷付けてみせる。

「な、何が別の方法だい⁉　さっきの攻撃といったい何の違いがあると⁉」

「今のは、イージスの盾が構成しているベクトルへの干渉膜を、トンネル効果で透過する、という方法だ」

「トンネル効果⁉　この盾の力は物理的法則などに縛られてはいないのだぞ‼」

理に適わぬ説明を耳にして、思わず叫ぶアルス。

対し、スレイはまたも肩を竦めるだけだ。

「そんなもの、俺の力で強引に物理的現象のステージを引き上げて、トンネル効果を実現させたに決まっているだろう。だから厳密には、トンネル効果と呼ぶのは適当ではないかもしれん。そういう意味ではあんたの抗議も正当かもしれんな。まあ、そんな細かいことはどうでもいいだろう？　ついでだから見せてやろう、もっと問答無用な、邪道の破り方もある」

「何っ⁉」

「ほら？」

言うと同時に、スレイから発せられた波動によって、イージスの盾はおろか、絶対王剣エクスカリバーも、絶対王権の鞘も、何の力の波動も発しないただの鉄屑と成り果てた。

武器の無力化に気づいたアルスは、驚きのあまり言葉も無い。

「今の俺の段階だと、外宇宙全知全能かつ外宇宙全知全能無効化能力、ってところかな。いや、それを少し超えたところか？　ここ――世界の墓場に来て、ヴェスタの束縛から逃れた時点では、全次元全知全能かつ全次元全知全能無効化能力ぐらいだったみたいだが……それまで抑えられていた魂の格がどんどん上がって、全次元レベルが時空連続体レベル、超時空連続体レベルと成長を続けて今の段階――外宇宙レベルを少し超えたところにまで到ったらしい。自覚はしてなかったけどな。まあ何にせよ、これはフルールに感謝するべきか」

「いったい、何を、何を言っているっ⁉」

スレイの説明にただ叫ぶしかないアルス。

当然だ、最早人の理解が及ぶ領域ではない。

いや、表面上の言葉の意味だけなら、全てでは無いまでも汲み取れる。しかしその意味するところが分からない。

「何、あんたにとっちゃ戯言さ。茶飲み話のつもりで聞いてくれればいい。ただ俺が話したくて仕方無いだけなんだ。それで、全知全能無効化能力ってのは、俺の全知のレベル以下のあらゆる知識で作られた物、俺の全能のレベル以下のあらゆる能力、それらを全て無効化することが可能なんだよ。俺のアスラとマーナのように、創造者の思惑を超えて無限以上に、暴走気味に成長するというイレギュラーな代物でもない限り、全知全能に届かない神々の作った武具程度の能力を無効化するのは簡単ってことさ。ついでに、他の奴らのシークレットウェポンの能力が今もまだ働いてるのは、俺がこの能力の効果範囲を操作可能だからだ。ついでに、無効化する対象の取捨選択すら可能だってことは既に実証済みだな、例えばほら」

その瞬間、アルスの身体と意識が完全に動きを止めた。

スレイは俊敏に移動してアルスから遠ざかり、視線だけをアルスに当てた。

その途端、動き出すアルス。

目の前から消えたスレイを探して視線を彷徨わせていたが、ようやくスレイを見付けると驚愕の表情を浮かべた。

アルスが何か言おうとしたが、先んじて告げるスレイ。

「勘違いされると困るから先に言うが、これは俺が超スピードで移動したとか、時空間を転移したとか、そういうオチじゃない。時の魔杖の効果をあんたから消し去っただけだ」

アロウンも愕然としている。

「それだけじゃない」

言いながら、スレイは時の魔杖の効果を完全に無効化し、同時に、自力でこの速度域に到っていた者達の速度強化も無効化する。

スレイは再度移動し、改めて無効化を解除した。

途端、場の全員が驚愕していた。

勿論フルールもだ。

ディザスターだけはこういう展開を予想していたのだろう、ごく平静だった。

「あんたには分からないだろうが、今のは時の魔杖の効果を完全に無効化した上、自らの強化でこの速度域に突入していた者達の強化も無効化したってことだ。ほら、みんな驚いているだろう？」

「なっ⁉」

「他にも、無効化能力の無効化なんて真似もできる。無効化能力も全能の一能力に過ぎんから、当然のことだな。本来は、ただの全能では無効化できない、特異存在・特異知識・特異能力の類を無効化する為(ため)に生まれたのが、この全知全能無効化能力なんだからな。それとついでにもう一つ」

言うと同時に、アルスに掛かっていた無効化も完全に解除され、イージスの盾の力が回復した。

その後、アルスの身体に、何の前兆も無しに、突然傷が付く。

「なにっ⁉」

「まあ流石にこれは卑怯に過ぎるが、要は全能の能力を以ってすれば、絶対防御なんてものを破る必要は無く、単純明快にそうしようと〝思え〟ば、それだけで相手を傷付けることが可能ってことだ」

「な、何だって⁉　それじゃあ君は、今までそんな能力を封じて戦っていたというのか⁉」

　あまりの話にアルスは開いた口が塞がらない。

「いいや、そうじゃない。先刻イージスの盾に攻撃を反射される寸前の〝閃き〟で得たことだ。反射された一撃を防ぐのみならず、イージスの盾そのものを攻略する方法として、概念操作も含め、この身に備わる諸々の機能を自覚した。そして能力と成したのさ」

「機能を自覚？　能力？」

　スレイの言うことが理解できず、呆然とオウム返しをするだけのアルス。

「身に備わっていて、自動的に働くだけの力なんてのは、それは能力じゃなくてただの機能って呼ぶんだ。自ら認識し、完全に支配し、精緻に扱いこなしてこそ能力と呼べる。つまり先刻の〝閃き〟で俺は、反射された攻撃を防ぐのみならず、新たに四つの機能を自覚し、能力と呼べるレベルにまで成長を果たしたということだな」

「な、なんてデタラメな……」

「まあ、我ながらそう思うよ」

　苦笑しながら続けるスレイ。

「ただしだ、あんたの『能力を封じて』という言葉は、核心の一端を突いている。ここに居る者は皆、ディザスターに感謝するべきだな。本来ならば、俺がこの場所に来てヴェスタから解放され、全次元全知全能の能力を手にした時点で、俺もあんたらも全て無茶苦茶になっていた筈だ。説明すると、遺骸と成り果てた今も最上級邪神と同等のポテンシャルを秘めるヴェスタという世界では、生半可（なまはんか）な全知全能の力なんて通用しない。だが、ここでは違う。この世の全てを知ることが可能となり、心に念じただけで全てが叶う。本来、全知全能とはそういうものだ。しかし人間の思うことなんてのは無茶苦茶さ。無意識にでも何かを思ってしまう。そんな思いのままに世界が変わっていけば、世界は無茶苦茶になるだろう？　ここから先は蛇足（だそく）だが、言わせてくれ。俺もこうなって初めて理解したよ。全知全能の存在は、誕生してすぐに世界と同化する。つまり意思を持つ全知全能の存在〝真の神〟とは、本来なら存在する筈の無い特異なものなのだとね」

　スレイが言うのは、この世の全ての前提を覆す言説——そして、今ある状況の全てを否定する内容だった。

「何を言っているっ⁉　〝真の神〟、我々が邪神と呼ぶモノは現に存在しているじゃないか！」

　思わず叫ぶアルス。

「そこが肝でね。どうやってそんな存在が誕生したかは知らんが、奴らは全員、何がしかの方法で全知全能を制御してみせている訳さ。まあ、俺がディザスターに感謝すると言ったのもそこでね。どうやら俺はいつの間にか、強大に過ぎる自己の戦闘欲やら性欲やら、その他の全ての感情を無意識に抑制・制御していたらしい。ディザスターと出会ったその時から、そう教育されてきたお陰だな。だが感情や欲望を完全に押し殺した存在なんて、あまりに無機質に過ぎるだろう？　それに俺が欲望を抑えてしまうのはディザスターの望みに反する。それ故に俺は、無意識の内に、自分自身のパーソナリティから演算して、揺れ動く感情まで作り出していた訳さ。作為的な感情とはいえ、紛れもなく全て本物なんだがな。そうやって間接的に本来の感情を外に出すプロセスを設けることで、俺は全知全能の制御手段を手に入れた訳だ」

そしてスレイはディザスターの方を見ながら続ける。

「これもまたディザスターの薫陶の賜物だな。本当にいくら感謝しても、足りないぐらいだ。だからこそ全知全能へと到っても、全知は常時、分割した思考に保存しておき、必要のある時か非常事態でなければ〝識る〟ことが無いように管理している。感情も常に制御されているが故に、ただ〝こうしよう〟と考えるだけでは何も起きない。世界を変える為には、〝思わ〟なければならないからな。これにてディザスター式の『狼でもできる、意思を持つ全知全能の存在の作り方』が完了という訳さ……尤もまだ一つ、俺には恐怖心という最後の一ピースが欠けているが」

「……」

言葉の出ないアルスにスレイはニヤリと笑う。

ちなみに最後の台詞「俺には恐怖心という最後の一ピースが欠けているが」は、アルスに聞こえていない。いや、聞かせていない。

「全知全能無効化能力というのは、いわば特異点に対処する為だけに生まれた能力だ。それ程厄介でもないんだが、それでもまあ、自分の意思による任意発動（オプショナルキャンセル）と、緊急時の自動発動（オートキャンセル）に分けてセットしている。一応な」

　楽しげに語っていたスレイが、ふと遠い目で続ける。

「だが、俺の魂が少々特別だということが理由で、あのヴェスタという世界に満ちる力と俺の力の波動は限りなく同質だ。しかも互いに打ち消し合うから、〝現在（いま）〟はまだ、ヴェスタ内に居る間は、俺の能力は思いっきり抑制されるんだがな」

　そして、ついでだとばかりに、スレイはあるものを指差した。

　そこにはある筈の無いものがあった。

　先程ディザスターが消滅させた筈の超巨星を、スレイが刹那に再創造してみせたのだ。

　そしてスレイが指を鳴らすと、今度はいとも簡単に消滅してしまった。

　面食らったままの一同。

　アルスだけではなく、誰もが先程からのスレイの説明に反応もせず、その行いを呆然と見ていた。

　彼らには理解できない領域の話だから仕方がない。

　ただ、あまりにも無茶苦茶だということは分かる。

スレイという青年は、最早人智の及ぶ範囲を超えた存在だと感じられた。

「概念操作や物理的現象を今の領域まで引き上げるくらいはヴェスタ内でも可能だから、勿論ヴェスタでもあんたに勝てる。全知全能も断片程度の使用は可能だし、無効化能力も相当のランクまで無効化可能だ」

スレイは淡々と続ける。

「ちなみにだ、邪神達もヴェスタ内では力の抑制を受けている。俺程ではないがな。そうでなければ、神々を始め、あらゆる存在が既にまとめて消されてたさ。奴らとの戦いの場がヴェスタ内で良かったな？」

「なっ⁉」

新たな情報に驚くだけのアルス。

だがスレイは、今まで自分が語ったことに最早興味を失ったと言わんばかりに、唐突にこう切り出した。

「さて、これからはもう、特別な力は使わない。速度域も、あんたと同じ領域まで落としてやる……俺の本気の速度域は、既に光速の何倍だの、そんな物差しで測れるようなものではない。だから、時の束縛から完全に解放された意識を以ってしても捉えられない動きができるぞ？　それこそ速度も無限、つまり限界無しって奴だ。まあ、何せ全知全能だから、当然だ。いや、ちょっと脱線したが、ここからが本題——さあ、戦闘の続きをするとしようか？」

俯き、震えるアルス。

確かに目の前の青年は自らより強いのだろう。いや、そもそも比較などできるレベルではないと、今のアルスには思えた。

先程から驚愕ばかりしているが、それはアルスの器が小さいからではない。

あまりに常識外のことばかり起きている為（ため）だ。

そんな中にあっても、ある程度会話を成立させ、理解してみせ、その上でかなり自己制御を保っているアルスは寧ろ驚異的と言える。

人としては規格外の器の大きさ、と評して過言では無い。

そんなアルスが、ここまでされて相手との力の差を認めない筈も無かった。

何よりスレイは、自らの力について悠々と長広舌（ちょうこうぜつ）を振るっていた。その間アルスは一歩も動けなかった——いや動かせてもらえなかった。

あれだけ隙だらけに見えながら、ちょっとした動作、タイミング、思考の間隙、そんな何でもないあらゆる物を利用して、アルスの行動を抑え込んでいたのだ。

力がどうこう言う以前に、格が違う。

自らよりも遥かに強い、というだけでは済まない相手である。

しかし、ここまで舐められて黙っていられる程、アルスの自尊心は安く無かった。

勝てる勝てないではなく、これは誇りの問題だ。

アルスはキッと顔を上げると咆哮した。

「舐めるなぁっ‼」

「ふむ」

楽しげに応えるスレイ。

己が敵たる者が、この程度で戦意を失うようでは興醒め(きょうざ)だ。だから敢えて、挑発的な言動をしてみせた。

しかしアルスの強い意志と闘争心を秘めた瞳を見れば、そんなものは必要なかったと分かる。好敵手(あそびあいて)と呼ぶに相応しい。

スレイは戦いを存分に楽しもうと笑った。

そしてアルスは、力の限りを振り絞る。

広大な領域を覆う(おお)結界を無数に作り出せる絶対王権の鞘――アルスはその強大な力を凝縮(ぎょうしゅく)し、人一人分を覆う程度の大きさの結界を、それこそ数え切れない程に重ねてスレイを包み込んだ。

「ほう」

感心したように頷くスレイだが、次の瞬間には、蹴り一発で無数の結界を砕いてしまう。

油断無く、既に次の用意を終えていたアルス。

より小さく、より強固に凝縮された小さな球のような結界を、全時空間座標・全次元座標・全位相座標に隙間無く敷き詰め、スレイを捕らえる罠とした。

こうなると、普通に全速で移動した途端に大ダメージを受けるだろう。

スレイは、強引に突撃して蹴散らしてみせるかと考えるも、すぐに思い直した。

敢えてアルスに〝技〟を見せ付けてやることにする。

特殊な歩法を以って、アルスに迫ってやろうというのだ。

アルスは目を剥いた。

時空間の広がり、次元の奥行き、位相の高低に到るまで、アルスには想像もし得なかった領域にまでスレイは踏み込んでいる。

アルスに合わせた速度のままで、すり抜けるように、無数の結界球に掠りもせずに迫ってくる。

当然アルスも驚いてばかりではない。

愛剣、絶対王剣エクスカリバーに、自らが持ちうる闘気と魔力を全て注ぎ込む。

そしてアルスは、自らに剣を突き立てた。

イージスの盾の絶対防御により、最低でも数千倍以上、実際は己でも分からぬ程に増幅し、反射されたレーザーのような光芒が、スレイに襲いかかる。

威力は勿論、速度も増幅され、二人が戦っている速度域など、遥かに超越している。

アルスの速度に合わせるなどと余裕を見せていたスレイ。その油断を突いてやった、とアルスは笑みを浮かべた。

しかし、そんなアルスの確信も長くは続かなかった。

スレイが双刀を振るい、エクスカリバーの光芒を既に斬り裂いていたのだ。

「君はっ、私の速度に合わせるのでは無かったのかっ⁉」

「合わせているさ。確かに今のあんたの攻撃は、俺の想定を超える大した物だった。だが、俺は約束を破っちゃいない。さっき言っただろう？　〝閃き〟でイージスの盾に反射された攻撃を防いでみせた、と。あんたも超一流の探索者なら覚えがある筈だ。〝閃き〟ってのはただの発想だけじゃない。己が限界を超えた領域に直感で対応してみせる、超感覚でもあるのさ。俺達のような真の実力者は、皆それを備えている。そして俺の場合は、今の攻撃に対応してみせる程に、その超感覚が研ぎ澄まされていただけの話だ」

確かにアルスにも覚えがある。

過去に何度となく、直感によって危地から救われたことがあるのだ。

しかし〝閃き〟とは、その直感に基づいて対応できる超感覚をも内包するものだったのか、と蒙を啓かれる思いだった。

スレイが見せつけた超感覚は、それでもやはり破格に過ぎる。

先程と今の反射、ここまで隔絶した速度の違いを覆す程の〝閃き〟とは如何程のものか、と唸らずにはいられない。

事ここに到り、アルスはいよいよ覚悟を決めた。

アルスとて剣で数多の強敵を屠ってきた身、その技は超一流との自負がある。

戦いの場で凄絶な剣技を見せた閃光ダリウスにも、刀神クロウにも、鬼刃ノブツナにも、引けを取るとは全く思わなかった。

最後はスレイと剣を交えて決着をつけよう。盾を前方に構えて剣を引く——これがアルスの戦闘スタイルだ。

迫り来るスレイとアルスが交差する。

刹那、静止する二人。

その直後、アルスは自らの身体に突き刺さる双刀を見て、呆然としていた。

盾で弾くことも剣で受けることもできず、まるですり抜けるように——。

二本の刀はそれぞれ、探索者特有の強靭な肉体であっても急所と成り得る箇所を、僅か数マイクロメートル外したギリギリのところを貫通していた。

スレイが敢えてそうしたのだろう。技巧のレベルが違う。

対しアルスの剣と盾は、スレイを掠ったのみだった。

それはまるでスレイが謀ったかのように、双刀による最小限の干渉で以って、狙いを外されていたのだ。

スレイは静かに口を開く。

「分かっていると思うが、絶対王権の鞘を持つあんたなら、俺が双刀を抜けば何の問題も無く傷は回復する。だが俺がその気になって少し何かをするだけで、あんたは死ぬ。どうだ、俺の勝ちを認めるか？」

「……ああ、認めよう。私の負けだ。この上無い完敗だよ」

スレイは意外に感じたが、アルスは何故か機嫌良く、明るい声で答えた。

そこには何の陰も無く、純粋にスレイに対する賞賛のみがあった。

「全力を尽くし、ここまで完全にやられたのだから、寧ろ嬉しいよ。これ程強い者が世に存在したという事実にね。本当に見事だ。あっぱれと言う他無い。いずれ共に戦える時を楽しみにしているよ」

「そう言える辺り、あんたも大したものだと思うよ。それが王者の器って奴なのかな？」

急所を傷付けぬよう双刀を抜きながら、スレイもまた、アルスの度量の広さに賛辞を送った。

実際これだけ無茶苦茶をやったスレイに対し、一時は取り乱していたとはいえ、すぐに適応してみせるとは……更に負けを認めた上でこんな言葉を掛けられるとは、アルスの器の底は抜けているのではないか。

少しばかりスレイの口元に笑みが浮かぶ。

それに気付いて笑い返すアルス。

双方の間に、最早何の蟠りも無かった。

これもまた、純粋にアルスの器の大きさ故だろう。スレイの場合は、敵を作ることの方が得手なのだから。

「敗者の私が言うのもなんだが、ケジメとして宣言しよう……勝者、スレイ!!」

だが周囲は静まり返っている。

両者による強化はとっくに解かれているというのにだ。

今の戦いがあまりに凄まじかった為、勝敗が決着しても騒ぐどころではないのだろう。

誰もがスレイの非常識さ、異常さに、微動だにできない。

アルスに比べ、他国の首脳陣はなんと情けないことか。スレイは複雑な気持ちになった。

しかしまあ、スレイにとってはどうでもいいことだ。スレイ自身も異常だが、それを知った女を口説き落とす手段は幾らでもある。

欲望に忠実なことを考えながら、スレイは双刀を鞘に納めた。

さて、と踵を返しペット達の元に戻ろうとするスレイの前に、一人の女――ミネアが立ちはだかった。その表情は随分と切羽詰まっている。

つい先刻見た時はただ愕然としていただけだったのだが……とスレイは首を傾げた。

ミネアはこう問い質す。

「あんた、何でも無効化できるって言ったね？　それじゃあ……」

「ああ、勿論あんたの蟲毒血も、オリハルコンの操糸術も、能力を発揮した俺の前じゃ何の意味も成さない。まあさっきも言ったように、ヴェスタ内じゃ多少事情が変わるが……それでも俺には強い耐性が備わっているから、蟲毒血や操糸術で死ぬようなことは無いさ。そもそも、戦えば確実に俺が勝つしな」

「そうかい、じゃあ私と……」

　ミネアの表情がみるみる明るくなる。彼女にとって、自らの毒を気にせず付き合える男との出会いも、今回イリュアに同道した目的の一つだったのだ。

　美貌が一層華やぎ、思わずスレイも見惚れてしまう。

「まあ、そう焦るな。結論を急ぐことは無いだろう。そうそう、そういえば俺としてはあんたに感謝しているんだ、ありがとう」

「は？　感謝っていったい？」

「あんたの蟲毒血を創り出した蟲毒の法の応用、あれが大変参考になって、俺の新たな相手を一匹生み出す方法を思いついた。ちょっとばかり面倒な下準備が必要だがな。まあ、ともかく感謝している。とりあえず今はこの程度にしておかないか？　男と女の関係ってのは、もっと情緒的に育むものだと思うぞ」

　ミネアには何のことか理解できなかったが、最後の一言にだけ、呆れた表情で返した。

「……あんたがそれを言うのかい？　節操の無い女関係の噂は私も聞き知っているよ？　なぁ〝黒刃〟？」

「ははっ、あんたにまで知られているとは光栄だ」

スレイは笑いながらウィンクをして、あっさりと受け流して続ける。

「まあ、少しばかり気分の問題でな。たまには男と女の駆け引きってのもじっくり味わいたいと思ってたんだ。どうせなら、野望を叶えるプロセスも楽しんだ方がお得だろう？　あんたとなら、かなりそいつが楽しめそうな気がしてな……まあ俺の言うことなんて、適当なことばかりなんでな、今は聞き流しておいてくれ。いずれはあんたも俺の女にするつもりだし」

言うだけ言うと、返す言葉もなく立ち尽くすミネアを残し、スレイは背を向けた。

その時、どこからかパチパチパチとまばらな拍手が聞こえてきた。

観戦者の誰かがスレイに拍手を送っている訳では無い。

周囲の者達は皆、怪訝な面持ちで顔を見合わせていた。

スレイだけはただ、億劫そうに宙を仰ぎ見る。

そこには、大きな岩の塊が浮かんでいた。何時の間にこんなものが出現したのか、と皆は驚き慌てる。

その上に足を組んで座り拍手を続けているのは、にこやかな笑みを浮かべた女――やたらと派手なメイド服を着た女だ。

見た目は十代後半程。踵まで届くウェーブした長い髪は、神々しく輝く金髪をしている。身長はごく普通だが、その肢体から妖艶な色香を漂わせていた。

活発さと色気を併せ持つ――そんな不思議な魅力を持った美少女が、明るい笑顔で告げた。

「いやー、見事、見事。素晴らしい力だったよ。〝天才〟くん。流石はこのボクのご主人様候補ってところかな？　お久しぶりで、はじめましてだね」

どこぞの狼を彷彿とさせるその挨拶に、スレイは静かに、相手をじっと見定めた。

正体などとうに分かっている。実際のところ、こいつが今ここに現れた理由にも興味は無い。

スレイが熱心に彼女を見つめていたのは、ただ単に「エミリア並の美貌だな。自分の女にするのに相応しい」などと検分していただけだ。

そんな中、あのディザスターが驚愕の表情を浮かべ、ただ一言呟いた。

『求道の……ジャガーノート』

そして、存在するもの全てを圧倒するような気迫が満ちた。

エピローグ

『地に伏せろ』

唐突に、その麗しい唇から発せられた言葉。

誰もが何も感じなかった。そう、まさしく何も。

であるにも拘わらず、誰もが言葉に従い、気付かぬ内に地に伏せていた。

ただの人間も、異世界の勇者も、探索者も、人外の者も、その五感と超感覚全てを奪われてしまったようだ。

何も感じられず、認識もできず、意思無き物体に等しくなっていた。

「やれやれ、生物ってやつは脆いねぇ」

くすくす笑うジャガーノート。

「ふん」

だが、一人だけそれを鼻で笑う者が居た。

「え？」

驚いたジャガーノートが慌てて目で探すと、スレイが平然と立っていた。

ディザスターとフルールも変わらぬままだが、スレイに片手で制され、大人しく鎮座(ちんざ)している。

それを見て、ジャガーノートは意外そうな声を出した。

「ディザスターはともかくとして、その小竜……時空竜フルールというのか。しまったな。ヴェスタの中じゃ認識できなかったのは仕方ないけど、外に出て気付かなかったのは迂闊(うかつ)だった。でも〝天才〟くん、君は何故そんなに平然と……あれ、分からない⁉」

「はんっ」

やっと気付いたかとばかりに、また鼻で笑うスレイ。

スレイは先程から全く動じることなく、上級邪神を相手に、小馬鹿にするようにせせら笑っていた。

一方のジャガーノートは困惑していた。〝分からない〟のである。

ごく一部の例外を除き、彼女にそのようなことが起きる訳が無いにも拘わらず。

スレイは嘲(あざけ)るように問いかける。

「この場に何の用だ、ジャガーノート？　まあ予想外に極上の美人だし、もし俺の女になりに来たと言うのなら大歓迎なんだが……だけどお前、先程奇妙なことを言っていたな。俺がご主人様候補とか。俺とお前は初対面だったよな？」

唖然としていたジャガーノートだが、スレイの言い草にキョトンとし、またくすくす笑い出した。

笑い過ぎて涙が出たかのように、目を擦っている。

「いやー、いいねー。初対面の相手に、しかもボクの正体を知っていながらその態度。前世よりずっとボク好みだよ。うん、君がボクの望む所まで育ってくれたら、君の女にでも奴隷にでもなってあげるよ。元より、君をご主人様に相応しく育て上げるのがボクの目的だしね。ヴェスタのただ一人の寵児、〝天才〟くん」

癇に障ったスレイはジャガーノートを挑発する。

「はん、またそれか。ヴェスタの寵児ねぇ？　今の俺ならその言葉の意味が分かってしまうんだが。今の俺じゃあ不足だとほざくか？　ああ、全く以って不本意だ。いいだろう、教えてやるよ、たとえ相手が誰だろうと何だろうと、戦えば勝利するのは俺だという真理をな」

するとジャガーノートの笑みが凄みを増す。

「へぇ、面白い。是非ともその真理とやらを教えてもらおうかな？」

「が、その前にだ」

「へ？」

絶妙のタイミングで気勢をそがれ、思わず間抜けな声を出してしまうジャガーノート。

ディザスターとフルールも目を丸くしている。

「とりあえず、説教をさせてもらおうか。俺の好敵手ともあろうものがそんな有り様では、話にならん」

　呆然とするジャガーノート。

　スレイは気にせず真顔で語り始めた。

「まず、全能を制御するのはまあいい。だが〝思って〟発動するならともかく、〝言語〟などというランクの低い物に強引に落とし込んでどうする。『地に伏せろ』？　そんなものが俺に効く訳無いだろうが」

「え？　え？」

「ん？　何だ？　俺の戦いを見てたんじゃなかったのか？」

「い、いやー。実は今出てきたばっかりで、最後の方をちょっと見ただけだったり……」

　てへっと、その正体からは考えられない程可愛らしく笑ってみせるジャガーノート。

「なるほどな、道理でさっきは困惑していた訳だ」

　一人納得したように頷き、スレイは続ける。

「それとだ、たかが念体……本体のせいぜい一割程度の力か？　そんな身体で俺の前に出てくるとは良い度胸だな。ちゃんと封印を破ってから出てくればいいものを」

「ちょっと、ちょっと待った‼」

「ん？　何だ？」

ジャガーノートがスレイの説教にストップをかけた。

「なんか先刻から聞いてると、まるで君がこの状態のボクに勝てる……つもりでいるように聞こえるんだけど、まさか、ねぇ？」

「何だ、取り柄は顔だけか？　耳も頭も悪いらしいな。俺は最初から徹頭徹尾（てっとうてつび）、そう言ってるつもりだったんだが」

『主っ⁉』

「スレイっ⁉」

スレイの言葉に思わず叫ぶディザスターとフルール。スレイは悠然と佇むのみ。

宙に浮かぶ岩に座りながら、顔を俯（うつむ）けるジャガーノート。

「どうした？　もっと悪くしたか？」

最早ディザスター達は絶句するしかない。

笑い声が聞こえてくる。

「くくくくっ、ふふふふふっ、あはははははははっ‼」

「何だ、気でも狂ったか？」

首をのけぞらせて思いっきり笑うジャガーノートに、哀れな者でも見るような眼差しを向け、なお毒舌を吐くスレイ。

この世界の墓場が異常な静寂と重圧に包まれる。

既に死んだはずの世界が、まるで怯えているかのようだった。

「いやー、最高だよ。うん、ここまで虚仮にされたのは、悠久の時の中でも初めてだ。ああ勘違いしてる馬鹿ってのは面白いね。いいよ？　ボクに勝てるって言うならやってみたら？　あー、でも面白くはあるけど頂けないなぁ。仮にもボクのご主人様候補ともあろー――」

スレイを威圧し、喋り続けるジャガーノートだったが、その言葉が突然止められる。

ジャガーノートの認識すら超えた外から、突然スレイが目の前に現れたのだ。

ジャガーノートの眼前に、その超絶の歩法によって、時空も次元も位相も無視し、相手に全く悟らせること無く移動したスレイ。

双刀と完全に同化して刀人一体となり、刀の力を極限まで引き出し、完全なる操身術により、予備動作も構えも無しに、最大最強の斬撃を放つ。

時系列の流れなど軽く無視した攻撃だ。

身を捻り、何とか攻撃を躱すジャガーノート。

彼女がかろうじて反応できたのは、スレイと同等の領域にある存在だからだ。

だがスレイの技の疾さと巧みさは、単純な力と速さのみを計算して行動したジャガーノートの予測を超え、彼女に傷を負わせていた。

「なっ⁉」

傷を付けられたことに驚愕するジャガーノート。

ディザスターとフルールは、そんな目の前の光景に感嘆する。

有り得ない。有り得る筈が無い、とジャガーノートは心中で叫ぶ。

スレイは不満気な声で告げた。

「ちっ、つまらん。ヴェスタの束縛と下らん枷(かせ)から完全に解放された〝現在(いま)〟の俺が、念体に過ぎないお前とちょうど互角とは。だがまあ……戦えば力の差なんて関係無く俺が勝つんだから、こんなことで腹を立てるのも馬鹿らしいか。ま、とりあえずは場所を変えようか？」

「え？」

まだ驚きが冷めやらぬ様子のジャガーノートに対し、スレイは続ける。

「俺達が互角ということであれば、全知全能も無効化も、全てが互いに相殺され無意味になる。となれば、純粋な戦いということになるが、かなりの力のぶつかり合いになる。俺達が全力でやり合うには、この舞台じゃ小さ過ぎるだろう？ 純粋な力は全能程に制御できないから、周りの連中にも被害が及ぶ。尤も、意思を持つ俺達が扱う場合は、全能の制御もそれなりの難易度だが」

「な……んだって？」

愕然としているジャガーノートを見て、スレイはどことなく落胆した様子になった。

「まだ気付いてなかったのか。いくら見てなかったとはいえ、鈍過ぎるぞ。大体、お前の〝言葉〟を通した全能が俺に通じなかったこと、お前が俺を見て〝分からなかった〟こと、お前の存在そのものが俺に影響を与えていなかったこと、俺がお前を傷付けたこと……ヒントが幾つあった？　まあいい、教えてやる。今の俺は、不本意ではあるが、お前の念体と同等の、全知全能かつ全知全能無効化の領域に在る。どうだ？　これで疑問は全て氷解しただろう？」

「そんなっ⁉　いくらなんでも早過ぎるっ！　確かにここでは、時系列を無視して長い時間を過ごすことも可能だろう。けど、こちらに来てボクはすぐに、この場所が君達の主観時間でどれだけ時を経ているのかも確かめたんだ‼　そんな僅かな時間でっ‼」

驚きのあまり叫ぶジャガーノートだったが、スレイはただの一言で切り捨てる。

「まあ、俺はお前が思う以上の〝天才〟だったということさ、単純だろ？」

ジャガーノートは呆然とする。

「さて……で、どうする、ジャガーノート？　俺としては、早く舞台を移して全力でヤりあいたい気分なんだが」

「……いや、止めておこう」

彼女の言葉にスレイは眉を顰める。

「逃げるのか？」

念体に過ぎないジャガーノートは何時でもここから消えることができる。それを見越しての台詞だ。そんなスレイに、彼女は真剣な表情で答える。

「いや、違う。逃げる訳じゃない。確かに君の言う通り、ボクは君を見誤っていたらしい。謝るよ。だがそれならそれで、予定を早められる。言っただろう？　ボクの望みは君をボクのご主人様に相応しく育て上げることだ。だから決めた。少しばかり限界を超えて封印を解き、本当のボクで君と戦うよ。どうやら君ならボクの期待に、いや期待以上に応えてくれそうだ」

その表情がだんだんと緩み、満面の笑顔になっていく。それと同時に、本当の凄みというものが彼女から溢れ出した。

スレイをして今まで感じたことの無い程の圧力だった。ディザスターやフルールでさえ足元にも及ばない。

思わずスレイからも笑みが零れ、同様に、凄みが溢れだす。

どうやら自分は相当侮られていたらしいという怒りと、彼女の本領があの程度でなくて良かった、という喜びが複雑に入り混じっていた。

先程までは少しばかり落胆していたが、この彼女なら存分に――いや、今までのどんな戦いよりも楽しめる、と確信した。

それだけに、今すぐ戦えないのが惜しい。

ただ、念体でなく本体との戦いなら、より楽しめることは間違いない。我慢するだけの価値はある。

「ふふん、いいな。お前の本体との戦いは最高に面白そうだ。ただ、報酬が欲しいな」

「おや？　君にとっても楽しいことなのに、それに対して報酬を求めるのかい？」

ジャガーノートがピクリと片眉を上げた。

スレイは笑って答える。

「何、先程お前自身も提示していた報酬さ。そしてそれは、お前の望みでもあるらしい。ただ少しばかり、俺好みに条件を加味させて貰う。俺がお前に勝ったら、お前は俺の物になれ。俺の女になるとか、お前の望みのように俺に仕えるとか、そんなレベルじゃない。身も心も、髪の先から爪の先、それに血の一滴、そして魂の全てに到るまで俺に捧げ尽くせ。ただひたすら俺を愛するだけの女になれ。どうだ？」

「く、く、あはははははっ。なるほど。それは確かに君好みの条件っぽいね。いいよ、分かった。我が名と魂に誓って誓約するよ。君がボクに勝ったなら、君の望み通りにしよう」

笑って快諾するジャガーノート。

スレイはニヤリと笑う。

「それじゃあ、また会おう、未来のボクのご主人様。いや未来のボクの全て、かな？　ボクに勝ってくれるのを期待しているよ」

「何度言わせる。誰と戦おうが、どんな戦いだろうが、勝利するのは常に俺だ。だから期待も何もない。それはただの決定事項だ」

「ふふふ、あはははははは」

スレイの傲慢（ごうまん）な台詞に笑いつつ、彼女は消えていった。

欠片の未練も無く、スレイは踵（きびす）を返し地に下り立つと、ペット達の元へ戻る。

『主よ、冷や冷やさせるな。あれは流石に挑発し過ぎだ。まあ、主が見せた力には感心したが』

「そうだよスレイ。ディザスターの言う通りだよ」

「挑発？　何の話だ？　俺はただ事実を言っただけだが」

『……』

「……」

真顔のスレイに、本気であんな台詞を言ったのかと絶句するペット二匹。

「まあいい。それよりもディザスター、枕になってくれ。それとフルールは抱き枕だな、暫く寝るぞ」

『主？』

「あれ？　他の人達は？」

「寝てるんだから、そのまま寝かせといてやれ。正直、今は面倒臭い。ほっといてもその内起きるだろう。俺は今、二つもいいことがあって気分良く眠れそうなんだ」

『……』

「……」

ジャガーノートの〝命令〟は確かに永続的な物ではない。

その内効果も消えるだろうし、ジャガーノートの念体も消えた以上は何の心配もない。

しかし彼らは決して寝ている訳ではなく、ジャガーノートの〝言葉〟通り、地に伏せるだけの物となっているのだ。

今のスレイであれば、一瞬でジャガーノートの〝命令〟を消去できるだろうに、面倒臭いとは……と二匹は呆れた。

だが、つい好奇心に負けてフルールは尋ねる。

「ねぇねぇ、二つのいいことって何？」

「うん？　そうだな。まずはジャガーノートが俺の女、しかも俺にその全てを捧げる女になることが確定したことだな」

「……やっぱり勝つの、前提なんだね」

「だから常に言っているだろう。何時になったら覚えるんだ？　戦う以上、俺が勝つのは絶対だ」

何かを言う気力も失せるフルール。

代わりにディザスターが質問を引き継いだ。

『もう一つのいいこととは何だ？』

「ああ。それはな、実はジャガーノートの念体を斬った時にアスラが成長したんだ。それで、ちょっと強引に情報を引き出してみたら、こいつ、どうやら血だけじゃなく、存在を維持する為(ため)に循環する流体なら、何でも啜って成長できるらしい。肉体を持たない相手を斬りまくっても、肉体を持たない高位存在を斬っても成長すると分かったからな。双刀の力のバランスが崩れないと分かって、安心した」

『それは確かに嬉しい情報だな。しかし何故アスラは、今まで血を啜ることだけが成長する条件だと主に伝えていたのだ？』

「んー、紅刀としての拘(こだ)わりだと。やっぱり血の真紅じゃないと格好悪いとか何とか」

アスラの、武器でありながらあまりにも人間臭い拘わりに絶句するディザスター。

これで二匹のペットは黙り込むことになる。

そうしてスレイは、他の者達への〝命令〟の効果が消えるまで、悠々と睡眠を楽しむのだった。

？？？――？？？『？？？』？？？

「うわっ、ジャガーノートの奴、勝手にスレイにちょっかいを出したな‼」
『どうした』
『その程度』
『想定内であろう』
『汝ら』
『上級邪神共』
『それに』
『彼の最上級邪神が』
『皆』
『ただ一人遺った〝前期・対邪神殲滅システム　特性：天才〟に』
『拘わり』
『期待し』
『完成を望んでいるのは既に知れていることだろうに』

「それはそうだけどさー。勝手にちょっかい出されると、やっぱムカつくなー。だって一番先にスレイを見つけたのは僕なんだよ」

『何を』

『言ってる』

『お主とて』

『偶然』

『彼の〝天才〟の』

『近くに転生しただけであろうに』

「でもあいつ、スレイのことをご主人様候補とか言って……スレイはスレイであんな約束させるし、やっぱムカつくよ‼」

『全く』

『お主ら、上級邪神は』

『度し難いな』

「うるさい、えーい、もう決めた。この封印を解いたら僕もスレイの所に行ってやる！」

『全く』

『どこまでも』

『分からぬものよ』

かつてないスケールの

ゲート

柳内たくみ
Yanai Takumi

自衛隊
彼の地にて
斯く戦えり

累計150万部！

**最新
外伝4巻
大好評発売中！**

単行本

各定価：本体 1700 円＋税　イラスト：Daisuke Izuka

ネットで人気爆発作品が続々文庫化！

アルファライト文庫 大好評発売中!!

そこは、勇者の、勇者による
勇者のための掲示板

勇者互助組合 交流型掲示板 1

おけむら *Okemura*　illustration：KASEN

今日もまた、掲示板にスレッド乱立!?
勇者達による禁断の本音トークがここに明かされる!

老若男女・獣人・ロボ……。そこは、あらゆる世界の勇者達が次元を超えて集う、勇者の、勇者による、勇者のための掲示板——理不尽な設定や仲間への愚痴、秘密の失敗談など、現役勇者や退役勇者同士による禁断の本音トークがいまここに明かされる!　ネットで話題沸騰の掲示板型ファンタジー!　待望の文庫化!

文庫判　定価：本体610円+税　ISBN：978-4-434-19741-3

1
勇者互助組合
交流型掲示板
漫画:あきやまねねひさ　原作:おけむら
累計9万部の
大人気掲示板ファンタジー
待望のコミカライズ!!
次元を超えてあらゆる世界の勇者達が集う『勇者互助組合　交流型掲示板』。理不尽な設定や仲間への愚痴、秘密の失敗談——
誰も知らなかった勇者達の本音が今、明かされる!
◉B6判　◉定価:本体680円+税　◉ISBN 978-4-434-19832-8
1
勇者互助組合
交流型掲示板
次元を超えて
数多の
勇者が今
掲示板
ここに集う
学生、フリーター、魔法少女…
イロモノ勇者による
禁断の本音トーク!!
累計
9万部の
大人気掲示板
ファンタジー!

ワールド・カスタマイズ・クリエーター 1

World Customize Creator

原作：ヘロー天気
漫画：土方悠

シリーズ累計
19万部
突破!

人気ファンタジー
望のコミカライズ!!

の声に導かれ、異世界に召喚されてしまった田神悠介。
なるゲーム好きの青年だった彼に与えられた運命は、
の世界の「災厄の邪神」になること!?
器強化・地形変動・味覚操作などなど、
スタマイズ・クリエート」能力を得た悠介が、
間たちと共に、混沌とした異世界に変革を起こす!!

判　定価：本体680円+税　ISBN978-4-434-19856-4

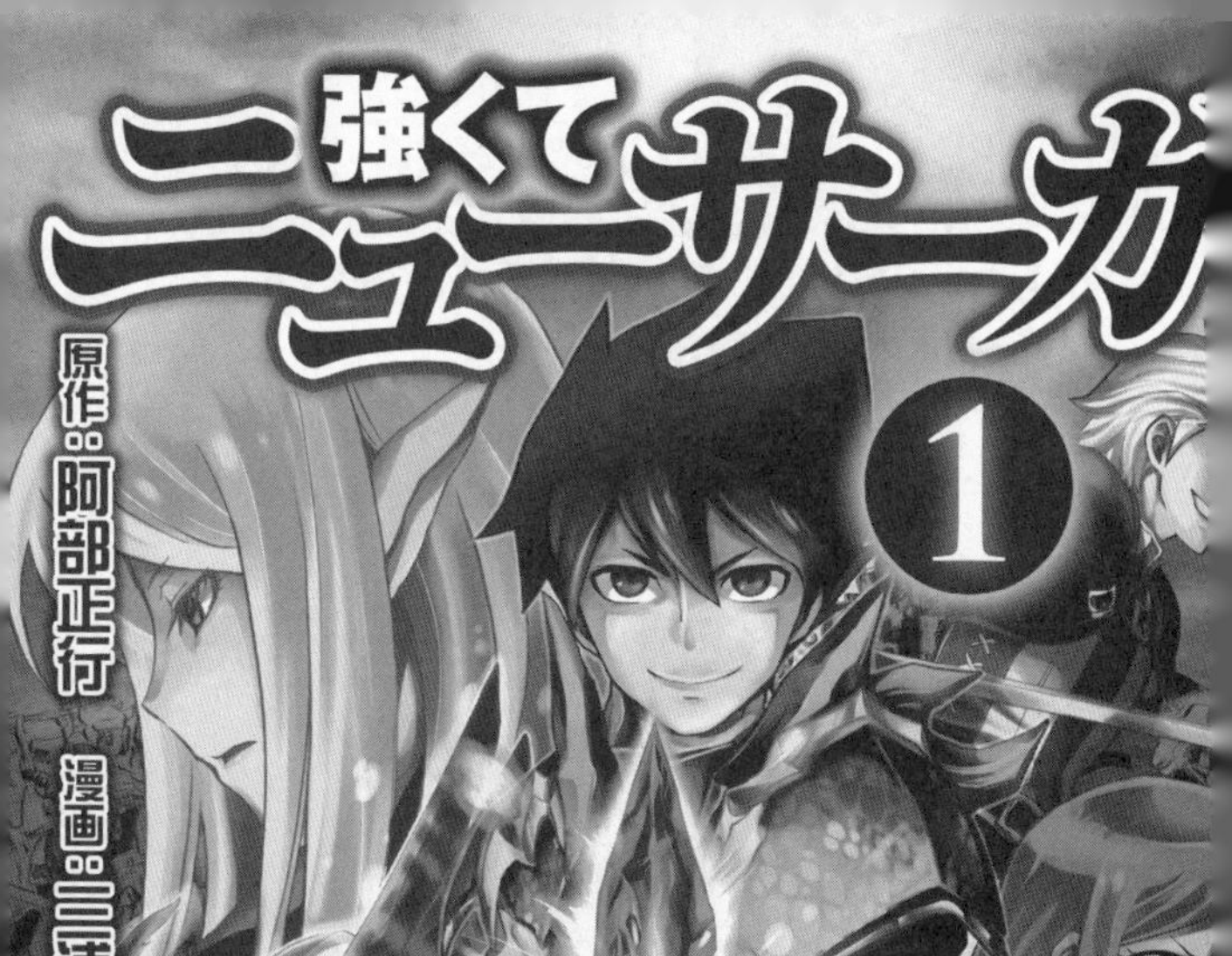

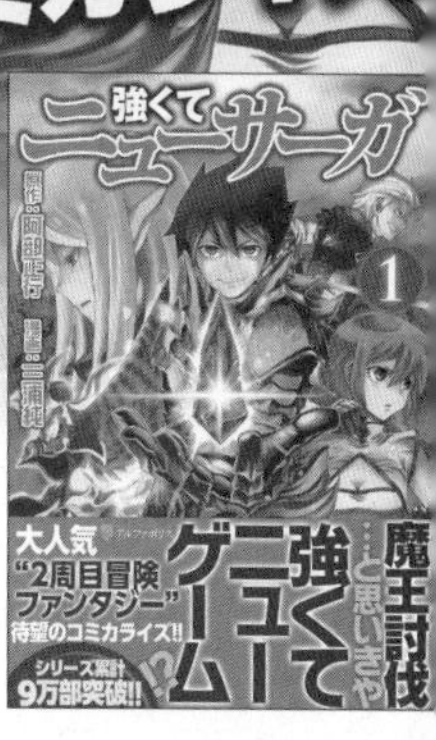

アルファライト文庫

本書は、2012年12月当社より単行本として
刊行されたものを文庫化したものです。

シーカー4

安部飛翔（あべひしょう）

2015年 1月 28日初版発行

文庫編集－中野大樹／太田鉄平
編集長－塙綾子
発行者－梶本雄介
発行所－株式会社アルファポリス
〒150-0013東京都渋谷区恵比寿4-20-3恵比寿ガーデンプレイスタワー5F
TEL 03-6277-1601（営業） 03-6277-1602（編集）
URL http://www.alphapolis.co.jp/
発売元－株式会社星雲社
〒112-0012東京都文京区大塚3-21-10
TEL 03-3947-1021
装丁・本文イラスト－ひと和
装丁デザイン－ansyyqdesign
印刷－株式会社廣済堂

価格はカバーに表示されてあります。
落丁乱丁の場合はアルファポリスまでご連絡ください。
送料は小社負担でお取り替えします。

ISBN978-4-434-20115-8 C0193